不存在的我

Nobody knows
the children
in this world.

[日]松村凉哉/著
龚颖/译

天津出版传媒集团
百花文艺出版社

图书在版编目（CIP）数据

不存在的我 / (日) 松村凉哉著；龚颖译. -- 天津:
百花文艺出版社, 2023.9
ISBN 978-7-5306-8614-0

Ⅰ. ①不… Ⅱ. ①松… ②龚… Ⅲ. ①长篇小说－日
本－现代 Ⅳ. ①I313.45

中国国家版本馆CIP数据核字(2023)第119748号

原著名：《僕が僕をやめる日》
著者：松村涼哉
BOKU GA BOKU O YAMERU HI

著作版权合同登记号：02-2023-142

本书为引进版图书，为最大限度保留原作特色，尊重作者写作习惯，酌情保留了部分外来词汇。特此说明。

不存在的我

BU CUNZAI DE WO

［日］ 松村凉哉著；龚颖 译

出 版 人: 薛印胜
责任编辑: 胡晓童
出版发行: 百花文艺出版社
地址: 天津市和平区西康路35号　**邮编**: 300051
电话传真: +86-22-23332651 (发行部)
+86-22-23332656 (总编室)
+86-22-23332478 (邮购部)
网址: http://www.baihuawenyi.com
印刷: 恒美印务（广州）有限公司
开本: 890毫米 × 1270毫米　1/32
字数: 165千
印张: 6.25
版次: 2023年9月第1版
印次: 2023年9月第1次印刷
定价: 45.00元

本书如有印装质量问题，请与广州天闻角川动漫有限公司联系调换。
联系地址：中国广州市黄埔大道中309号 羊城创意产业园3-07C
电话：（020）38031253 传真：（020）38031252
官方网址：http://www.gztwkadokawa.com/
广州天闻角川动漫有限公司常年法律顾问：北京市盈科（广州）律师事务所

目录

序

黑夜中樱花争相怒放。

在盛开的樱花树下——

这是立井润贵觉得最适合自行了断的地方。

“与其去死，不如当我的分身吧？”

说话的人是一名双眸冷若冰霜的男子。

“不必担心，这个世界对我们都没兴趣。”

立井润贵将背负一个不可告人的秘密而活下去。

从那天起，立井润贵将“不复存在”。

第一章

立井润贵在邻居的骂声中睁开睡眼。

他动了动被毛毯包裹的身体，把手伸向放在枕边的手机，看了看时间——早上五点，然后向邻居投去怨恨的目光。立井和邻居之间只隔了一张隔帘，对方伸长了腿，侵占了立井的地盘。那干瘦的腿仿佛枯木一般，其鼾声也与呻吟声无异。

立井不打算睡回笼觉，便坐了起来。他感觉头皮有点儿痒，于是迷迷糊糊地抓了抓头发，然后闻了闻抓过头发的手，有一股让人不得不在意的汗臭味。上一次洗澡已经是前天的事情了。他在手机上确认日期，这才知道今天是要去洗澡的日子。

他掀起隔帘，一股冷气便蹿了进来。

在依旧酣睡的邻居对面，窗户敞开着。映入眼帘的是清晨的街景，鳞次栉比的屋顶被染成了淡青紫色。虽然他还想好好远眺一番，但立在房间里的胶合板挡住了视线。

邻居的整张脸几乎被胡须和头发覆盖，他又发出了呻吟声，伸长的腿已经缩回毛毯里，蜷缩着的身体似乎在发抖。

立井犹豫了一会儿后，尽量在不碰到隔帘的情况下，蹑手蹑脚地穿过了邻居的地盘。他脚后跟着地，小心翼翼地来到窗户前。在移动的过程中，邻居那让人窒息的体臭刺激到他的鼻腔。他停住脚步，看着邻居泛白的嘴唇后叹了口气，然后关紧窗户。

他搓了搓冻僵的身体后便回到自己的地盘。这时胶合板对面的闹钟响起，接着便传来一位住客翻身的声音，然而刺耳的闹铃声依然响个不停。直到房间里响起另一位住客的咂嘴声后，闹铃声才停了下来。

他再次切身感受到，原来真的有四个人住在这个房间里。

在这个面积约十三平方米的大开间里住了四个人，靠胶合板和厚隔帘分成四个房间，除了立井，还有两名高龄男子和一名中年男子住在这里。

立井已经迎来无数个寒风彻骨的早晨，完全认识到冷暖气设备不是奢侈品，而是必需品。他想象着夏天的光景，却不由得打了个冷战。虽然洗澡的频率从三天一次增加到两天一次，但在邻居散发出的恶臭影响下，光他自己洗澡也起不了什么作用。

“饶了我吧。”

他嘟囔了一句，用梳子整理好头发后便走出房间。

一楼的食堂里已经备好早餐，只有面包和水煮蛋。尽管没有任何期待，但光是看到这些食物便没了干劲。

餐桌前，一个戴眼镜的男人正看着电脑上的视频，大概是非正规上传的东西。男人一大早便看起了综艺节目，正笑得合不拢嘴。

立井跟他打了声招呼，但他的视线依然停留在电脑屏幕上。立井注意到他戴着无线耳机，便提高音量喊他的名字。男人终于抬起了头。

“嗯？哦，是立井啊！”

他摘下了耳机。

“有事吗？”

他是立井所居住房子的管理员。

立井降低音量说道:“请问，医院那件事怎么样了?”

男人收起了笑容。

“在和上面商量。”

“已经过了三天了。”

“这事要由上面来判断。”

管理员又塞上了耳机，这一举动说明他已经不想再和立井对话了。

立井不明白这位管理员所说的“上面”指的是什么人。他抑制住想破口大骂的情绪，抓起面包和鸡蛋，朝室外走去。他既不想和管理员待在同一个空间，也不想回到自己那个弥漫着恶臭的房间。

他穿上鞋子走出室外，带着湿气的风迎面吹来。挂在玄关旁边的门牌发出吱吱呀呀的响声。他板着脸死死盯着门牌上的那两个字——“燕居”免费或低价旅馆。

这就是十九岁的立井润贵的栖身之所。

职业介绍所从早上八点半开始营业，立井看好时间便出发了。

在一幢有一定年头的建筑物里挤满了不同年龄段的人。随着上门次数的增加，立井已经能分辨出旁边的人是求职者还是雇佣者，因为两者的脚步声不一样，求职者的脚步声大多和自己一样软弱无力。

他在手机上搜索新发布的招聘信息，现在的他根本没有挑肥拣瘦的余地。在希望从事的职业种类一栏里，他并没有输入任何信息，因为要找的不是自己想做的工作，而是能做的工作。然而即使这样，匹配的结果依旧少到甚至不必花时间翻看。

立井打印了一则招聘信息向窗口走去，尽管他深知自己完全不能胜任。

等待片刻后，接待他的是一名熟悉的女职员。她一看到立井提交的招聘信息便面露难色，立井对此早已心知肚明。对方十分诚恳地向他讲述要介绍这份工作的难处，他只是一个劲儿地点头，也根本不期望对方会真的介绍。他来这里只是因为如果要继续领取生活保障金就需要有求职的记录罢了。

立井和这位女职员已经见过好几次。她与立井年纪相仿，留着一头短发。也许她比立井还小，但立井始终希望自己的年纪比她小，因为想保住自己那微不足道的尊严。

女职员告诉立井，他希望从事的办公室内勤职位要具备基础办公软件的操作能力。立井现在正在上Word文档和Excel表格的培训班，所以还不能胜任办公室内勤工作。

然而，立井也做不了需要体力的工作。半年前，在一次派遣工作中，他的腰受伤了。在码头把装满大豆的袋子搬到卡车上时，突然袭来的一阵剧痛让他直不起身子，因为那天被迫不停歇地进行给腰部带来负担的劳动。这份工作本来就不合法，立井也是后来才知道将工人派遣到容易造成过劳的码头工作是被法律明令禁止的。

“如果您的腰伤康复了，我们可以给您介绍餐饮行业和护理行业的工作……”

女职员露出怜悯的神情。

“立井先生，您有去医院就诊吗？”

“我等一下就去。”

她紧皱着眉头，压低了声音说道：“我们一般不会深入打听求职者的隐私，但我想确认一下，立井先生居住的地方，是能让人放心的正规住所吗？”

“如果那个地方正规……”立井半开玩笑地说，“那就会把受给者证还给我了吧。”（**注：受给者证，由日本的自治体颁发，是持有者在享受社会福利或其他服务时需要出示的证明。**）

“果然如此……”女职员挠了挠头，向立井投以同情的目光，“您为什么要住在这么糟糕的旅馆呢？”

立井毫无保留地跟她讲述了自己的遭遇——

高中退学后，他在一家提供单人宿舍的公司工作过，但没过多久公司就倒闭了。他没有足够的存款支撑自己优哉游哉地寻找下一份工作，便只能继续打工，在网咖里度日。而腰受伤之后无法工作，他只能寻求相关机关的援助，福利事务所的职员就给他推荐了“燕居”。

“是他们给您介绍的？”女职员睁大了眼睛，仿佛感到有点儿意外，“当时对方应该也知道那里的情况。”

福利事务所的职员一脸不好意思地跟立井说，其他福利设施已经满员，为二十岁以下人士提供住宿的自立支援机构和中心都没空位了。

“那您父母和亲戚呢？没有其他可以投靠的人了吗？”

女职员似乎还没有得到满意的答案，继续追问。

“我母亲去世了，父亲还活着，但已经没有联系了。”

“原来如此……”

“我没有任何可以投靠的人了。就连生活保障金那边，一开始也不接受我的申请。”

立井失去工作能力时曾经求助过市政府，但被敷衍对待。他们断定立井的父亲在暗中帮助他，坚持让他出示腰伤的诊断证明。就算他说自己没钱去医院，那里的职员也不相信，他沦为被各部门来回踢的“皮球”。

到最后，他只剩下一个选择，那就是去找经营燕居的福利部门法人。后来，其他的住宿者告诉他，那里其实是反社会势力在背地里经营的。表面上是正常的福利住所，背地里却是让无家可归的人申请生活保障金，每月从中扣除保护费的“灰色集团”。可要是不借助他们的力量，立井便无法领取生活保障金。

“这里是职业介绍所，其他政府部门的业务我们也没有权力干涉。但是——”

女职员盖上了圆珠笔的笔帽。

“您得先恢复正常的生活。您再去和福利事务所谈谈，从那家旅馆搬出来，或者去医院看看病。然后再来找一份工作吧。”

立井微微点头，站了起身。

应该是最后一次来这里了吧——这个想法在他的脑海中闪现。

生活保障金的领取者要接受医疗服务，就必须在福利事务所领取医疗券。立井居住的地区要求提供受给者证和印鉴，缺一不可，因此必须让管理员归还这两样东西。

如果没有医疗券，立井根本没有钱去看病，因为将近八成的生活保障金都被管理员拿走了，他每个月只能拿到三万日元左右。燕居只提供简单的食物，为了填饱肚子，立井还需要自行购买食物。因为餐单并没有考虑营养的搭配，他偶尔还需要购买补充营养剂。支付了手机话费和购买当下所需衣物后，立井手里能支配的钱就只剩下几百日元。他每天都站在方便面的卖场里，对要不要购买卖场自有品牌的方便面犹豫不决，如果买的话可以便宜几十日元。尽管如此，纠结一番后购买的方便面竟然在燕居里被盗，他无比悲痛却只能忍气吞声。

立井一回到燕居，便直接去找管理员。他依然坐在早上那个位置，一脸愉悦地沉浸在网络游戏中。

“那请问现在方便吗？”立井开口说道，“我现在就要去医院。”

管理员板起脸回答道：“现在正在和上面商量。”

“我去医院这事有什么好商量的，请把受给者证和印鉴还给我。”

“不行。这两样东西要由我统一管理，这是规定。”

“那我就搬走，要是你不同意，我就向市政府举报。”

立井严厉地说出这句话后，管理员微微动了动眉毛。

“举报之后，你打算怎样？”管理员的视线如同刀刃一般锋利，“你就是因为没有容身之所才来这里的吧？”

立井内心五味杂陈，垂下了头。

管理员的言外之意就是：反正你这家伙就只能来这种地方了。立井甚至可以从他的眼神里感受到一种打从心底的怜悯之情。

事实确实如此，现在的立井只是一个腰部受伤、高中退学、没有工作也没有任何证件的人。到最后，他也只能哭丧着脸苦苦哀求福利事务所让自己去看病。

立井握紧拳头，肩膀颤抖着。

这时，管理员突然露出滑稽的笑容。

“本来想把你扫地出门，不过现在情况不一样了。”

他像是变脸一般，用食指敲了敲台式电脑的液晶屏幕。

“你去这里吧。”

“什么？”

立井无比诧异。

“刚刚收到通知，上面的熟人想雇佣你。”

“雇佣我？”

“很难得啊，这个机会千载难逢。”

听到这个自己想都没想过的提议，立井睁大了眼睛，一动不动。管理员似乎觉得立井的反应很滑稽，咧开嘴笑了起来。

“嗯，你还很年轻，和这里的多数人都不一样。这是好事啊，你终于可以从这垃圾堆里出头，变成管理层了。”

管理员用手肘戳了戳立井，露出微笑，仿佛一名看到师弟有出息而感到欣慰的高中生。

与他这兴奋的态度相反，立井内心毫无波澜。

“这份工作……是让我负责管理跟这里差不多的旅馆吗？”

“算是吧，工作内容应该差不多。”

管理员轻描淡写地回答。

立井回想起过去所见的管理员的种种行为——每天懒洋洋地坐在

电脑跟前度日，连安装空调这种小事都得过且过，心情不好的时候就殴打其他房客出气。一喝酒就三句不离“我背后可是有暴力集团撑腰啊”这种小混混言论，炫耀着不入流的“光辉事迹”。

“请容许我拒绝。”

立井下意识地说出了这句话。

他想一走了之。

走出旅馆的那一瞬间，立井就已经下定决心了。

眼前只有两个选择，一是像管理员一样在弱者身上榨取金钱，二是现在就痛痛快快地离开人世。

这不是任何人的错，一切都没有错，只是自己刚好出生在这个星球而已。自己碰巧被神从天上掷下的石头砸到，成了被选中的人，因此得接受十九岁便自行了断的命运。天使在一旁吹奏喇叭，为自己庆贺。

立井习以为常的地方，现在就只剩下位于商店街一角的投币式储物柜了。这些储物柜上面没有屋顶，在风雨侵蚀下锈迹斑斑，但费用比车站里面的便宜一百日元。十年前，储物柜也许穿着橘色外衣，但随着涂料剥落劣化成了桃粉色。

储物柜里面放着立井的冬季大衣、中学毕业相册、过时的数码相机、潦草的日记本，还有退学前的学生证。当初，他是担心放在旅馆会被偷走才想找个地方寄存的，现在自己将不久于人世，为了储存这种东西每天还得花三百日元，不禁让人觉得愚不可及。

考虑到可以为尸体提供身份证明，立井把大衣以外的东西都塞进了书包，把大衣留在车站的椅子上。也许它会被跟他有相似遭遇的人拿回家吧，反正也只是花两千日元买来的旧衣服罢了。

他背上增添了重量的书包走在商店街上，连心情都变得沉重了。

一直以来都是如此，他只能匆匆路过这些商店，可悲至极。

旅行社门前贴着日光巴士旅行的宣传单，两天一夜，两万五千日元。意大利餐厅前面放着立式广告牌，晚餐套餐三千五百日元起。银行的海报在宣传投资信托，保险公司则在打着让客户更安心的保险计划广告。服装店里有五万日元以上的冬季大衣，蛋糕店里有一种三千日元可供全家人食用的瑞士卷，香水店里印着“给恋人的礼物”的小瓶子正闪闪发光。

这一切都跟他没有任何关系。

穷人不被任何人需要，也没有人会把紧紧攥着一千日元的人放在眼里。

——这个世界不需要自己。

很多朋友离立井而去，因为他们已经厌倦了总是讨钱的他。

像他这种人，只有死路一条了。

为了切断最后的留恋，立井在便利店买了一瓶高级的威士忌和炸鸡，将所有财产都挥霍一空。如此一来，他甚至不能待在网咖或是快餐店过夜了。

全部财产都没了之后，他莫名地感觉轻松了。

最后就是选择自行了断的地点了，幸好他心中已有候选地。

在免费旅馆附近有一个可以赏花的公园，河川沿岸种了许多樱花树，现在正是赏花的季节。在人生的最后时刻，能和漫天樱花一起散落也算一桩美事吧。

立井来到了公园一角，一边赏樱花，一边浅酌威士忌。虽然是最后的晚酌，他的舌头却分辨不出威士忌和廉价酒的区别。

“买发泡酒也行啊……”

在他如此自嘲的时候，四周已经空无一人。

深夜两点。

身体因为严寒而颤抖，立井后悔扔掉了大衣。在这种寒风彻骨的夜里寻短见，应该到早上都不会有人发现吧。他拿出准备好的塑料绳子，在樱花树上打好结，高度正好。接下来只要踩上树干，借助树干的高度将脖子伸进绳子圈里，一切就结束了。他犹豫了片刻，想用手机的录音功能录下遗言，但因为手机没电便只好作罢。

他用抓电车上扶手的力气拽了拽绳子，确认是否坚固。公园里这棵最大的樱花树被拉拽后纹丝不动。

是时候终结人生了。

正当立井如此想着，准备把全身重量挂在树干上时——

背后传来一个声音：“你该不会是想寻短见吧？”

立井回头一看，眼前站着一个身材高挑的青年。他皮肤白皙，戴着眼镜，十几二十岁的模样。在乍暖还寒的三月下旬的深夜里，他却只穿着白色长袖衬衫和黑色长裤，一身朴素的打扮。然而，他那双如同看穿一切的暗色双眸，还有不苟言笑的扑克脸却给人留下了深刻的印象。

“没错。”

虽然此人很可疑，但立井并没有隐瞒自己寻死的决心。毕竟事已至此，他也没有罪恶感，而且他对自己的选择没有一丝动摇，这与眼前的人没有任何关系。

正当立井把注意力全部放在警惕对方阻止自己寻短见时，青年朝他伸出手臂。

“那你把钱包给我。”

立井无言以对，他从未想过自己会被恐吓。

“真心寻死的话，钱包给我也没关系吧？”

青年像是在催促他一般，伸长了手臂，依旧面无表情。

“其实你压根儿没打算寻短见吧？”

也许对方的举动是在委婉地揶揄自己——想到这里，立井便发出了冷笑声。

自己确实打算离开这个世界，怎么会为区区一个钱包动摇？

“里面连一百日元都不剩了。”

“拿过来吧。”

立井从背包里取出钱包后向青年扔去。对方的注意力完全没有放在现金上，而是把卡夹翻了个遍。最后他把立井的个人号码通知卡拿了出来。这是立井现在手上唯一的身份证明。

“立井润贵，十九岁。”青年不动声色地点头，“终于找到了。”

他眯细了眼睛，然后把立井的身份证明收进了自己的口袋。

“喂，立井。与其去死，不如当我的分身吧？”立井目瞪口呆，他继续说道,“你可以用我的居民卡租房子,用我的录取通知书上大学,用我的学生证打工,用我的保险证去看医生。与其去死,不如当我的分身活下去吧?”

立井听了他的说明后依然摸不着头脑。

不过,他似乎想让立井活下去,因为他并没有把空虚的一般理论强加在立井身上,也没有给予苍白的安慰,而是提出了一个极为具体的救赎方案。

用别人的身份活下去?

真是一个意料之外的方案。

真的有这种生存方式吗?

一阵风吹过,立井的视野里有东西在晃动:是他挂在树上的塑料绳子。

容纳人类脖颈的空洞飘浮在黑暗之中。立井回想起自己前一秒想做的事情,随即双膝颤抖,泪水渗出了眼眶。

无论暗暗默念多少次,他的真实想法都不言自明——

他还想活下去。

“我叫高木健介。”

青年自报家门后,并没有跟立井解释,而只是拦了一辆出租车,把位于新宿区的住址告诉司机。

也许不想被司机听到对话内容,他在车上一直保持沉默。

立井从死亡的恐惧中解放出来后,突然对高木起了好奇心。

高木挺直身子，眼睛看着前方。在高速公路的橘黄色灯光照耀下，他的表情显得异常冷酷，简直跟机器人一样。不对，在现在这个时代，机器人的表情都比他更丰富。

难道他打算强迫自己卖器官，抑或是当犯罪同伙吗？

只会在漫画里出现的情节在立井的脑海中不断膨胀，但立井渐渐觉得陷入思考的自己愚蠢至极。

无论高木有什么目的，自己都已经逃不掉了。

出租车停在了西新宿。

立井被带到了高木的房子，位于一栋高层公寓的八楼，两室一厅。一个人居住的话显得空间有点儿大，但也没有其他人同居的迹象。房子里的东西很少，像样板房一样，只摆放了基本的家具。房子里没有乐器，也没有海报，显得很冷清。

高木看了看挂在墙上的时钟，小声地说道："已经凌晨四点了啊……你要现在听我解释，还是要先睡一觉？"

"我想先听解释。"

"喝矿泉水可以吧？"

高木从冰箱里拿出装着水的塑料瓶，然后和玻璃杯一起放在桌上。因为只有一把椅子，立井就坐前犹豫不决，但在高木的催促下还是坐下了。

高木把几样东西排列在桌上。

保险证、私立大学的录取通知书、个人号码通知卡——这些证件当然都是高木健介的。

“我说过，希望由你来代替我生活。我会提供住处，你也可以用我的保险证去看医生，用我的学生证去打工。”

立井还是搞不清高木的用意，于是皱了皱眉，高木提出的方案对自己有百利而无一害。

“目的是什么？”

“真是模棱两可的问题。”

“你到底想让我做什么？”

“我不要求你做什么特别的事情，只是希望你能代替我去上大学。”

“只是这样？”

“嗯。我马上就是大学生了，下周是开学典礼。”

立井早已做好要接受严酷命运安排的心理准备，所以有点儿泄气。

代替高木上大学。

之后，高木向立井进行了简单的说明。高木入读的是文学系，因为大学里没有认识的人，所以立井可以光明正大地去上学。高木会提供空房和目前需要的生活费。只要不影响学业，社团活动等大学活动由立井自由决定是否参加。

高木的话超出了立井的理解范围，后者不禁有些担忧。

“还有其他问题吗？”

高木冷冷地看着他。他想问的问题多不胜数，但考虑到时间有限，便作了取舍。

“你没有想过我会逃走吗？”

“你会逃走吗？”

“等一下，这是正常情况吧？有了保险证就可以向高利贷借钱了，万一我卷款潜逃怎么办，你都不提防吗？”

“希望你好好珍惜我的名字。”高木轻轻地挥了挥手，“否则你会后悔的。”

这句话就是抽象的威胁。

然而，高木那双深邃灰暗的眼睛寒光一闪，立井不敢付诸行动，就此逃走。那道冰冷的视线明明与早上那位女职员的相差无几，但立井感觉高木的视线有一种本质的差异。

他咽了咽口水，放弃了逃走的念头。

要是用这种方式苟活，还不如痛痛快快地赴死——他本来是这么想的。

——想做一个正直的自己。

“今天就先睡吧。”

高木挪开了视线。

“腰痛的话，明天去医院看看。”

他似乎注意到立井的走路姿势有点儿奇怪。

立井没有再追问，而是到分配给自己的房间里睡了。

他真的很久没在一张安静的床上睡觉了。

就这样，立井用高木健介的身份生活的日子拉开了序幕。

身份会否暴露——这是他最担心的事情。

保险证上记录了高木健介的个人信息：二十岁，血型是B型。

血型和立井一样，但年龄相差一岁。五官轮廓不至于有天壤之别，但一直从事体力劳动的立井体格比高木壮实很多。

身份当即暴露，然后被警察揪住怎么办？立井感到担忧。

然而，事实证明他的担心是多余的。

他在医院没有引起任何怀疑。出示保险证之后，医院的工作人员就迅速地给他开了诊察券。在等待室听到有人喊“高木先生”时，他虽然没有马上反应过来，但接待员也没有任何怀疑他的迹象。

办理大学入学手续的时候也一样。他化身高木健介一周后，参加了入学说明会，提交制作学生证用的照片后，工作人员马上就受理了。工作人员把他的照片和入学考试时的准考证照片稍做对比，但也没有察觉到异样。

立井用的是别人的身份证，却没有任何人对此感到怀疑。

跟其他学生搭话时，对方对于立井的自我介绍深信不疑。

“高木同学，你要加入哪个社团呢？”

对方笑着向他搭话。

真是不可思议。

“这很正常。”

立井跟高木报告这件事后，后者若无其事地说道。

“代替别人考试或者代替别人上课会引人怀疑，但一般人不会想到堂堂大学生会使用别人的学生证上学。而且开学时，几百名高中生都会趁着进入大学的好机会，染头发或者化妆打扮一番，跟准考证上的照片判若两人的事情时有发生。所以工作人员不会逐一核对，再加上二人长得还有点儿像。至于保险证，外国人有时会被怀疑借用他人证件或者把证件借给别人，但日本人会先入为主地得到信任。”

高木淡漠地解释道，语气太过自然，不禁让人觉得这是合法行为。

“这算是犯罪吧？”

而面对立井的提问，高木笑着说：“不是‘算是’，而是彻彻底底的诈骗。”

“这样啊……”

立井点点头，虽然良心受到责备，但这也是无奈之举。

不能让任何人知道，这是属于我们两个人的秘密。

这应该是不成文的规则了吧。

正当立井担心以后能不能守住这个秘密时，高木温柔地看着他说：“不必担心，这个世界对我们都没有兴趣。”

他这句话里流露出断念之感。

高木凝视着立井的脸。

“下周学生证就出来了，印着你的脸的身份证明。”

他用力地点头。

“你会彻底成为‘高木健介’。”

只要有印着照片的证明文件，银行开户和签订手机合约都不再有障碍，连打工面试也不成问题。

接受这个事实后，立井心里涌起一阵无法言喻的不安。

因为他找不到答案。

要是自己以高木健介的身份生存——

到那个时候，眼前的男人要怎么证明自己才是“高木健介”呢？

高木健介这个人非常神秘。

早晨醒来后，立井去客厅的时候，会看到高木一边咬着能量棒，一边看书。

白天，大学没课回到家后，立井只听见高木的房间里传来敲击键盘的声音，而且持续一段很长的时间，也没有他去洗手间或者吃饭的迹象。立井轻轻地透过房门的缝隙往里看，便看到高木那双冰冷的眼睛盯着台式电脑的屏幕。

等深夜立井回家后，房间的灯已经熄灭，鸦雀无声。

高木似乎也没有要外出的意思，冰箱里堆满了速冻意面和蔬菜汁。看来他不喜欢到外面吃饭，购物通过网购来完成，快递柜每周会收到一次包裹，仿佛在尽可能减少外出时间一般。

虽然立井很想问他到底是什么人，但一直没有找到时机。两人的生活节奏是完全错开的，就算他偶尔在客厅碰到高木，高木的全副心思也是放在看书上，而不会主动跟立井搭话。两人唯一的交流只有高木写的“帮我在大学图书馆借书”的字条。

不，时机只是借口，立井重新思考后发现自己是在躲避高木。

他对高木当然是怀着感激之情的，但凌驾于这份感情之上的是恐惧。让别人代替自己上大学的人，白天到底在干什么呢？除了借用身份以外，自己该不会卷入了什么可怕的犯罪活动吧？

这天，立井打完工回家后，看到高木在客厅里，竟然没在看书，而是在搜索电视节目。

这是个好机会。

“现在方便吗？”立井鼓起勇气问道，“你是什么人？”

高木看向立井，百无聊赖地关掉电视，似乎本来就没有想看的电视节目。

“偶尔一起出去散个步吧。”他简短地说道。

两人一起散步，这还是立井开始分身生活后的第一次。

时值四月的夜晚，虽然还有些许寒意，但不至于寒气彻骨。

高木似乎决定好了目的地，他的每一步都没有犹豫。

两人像是穿梭在大厦的缝隙之间一般，最后走进了深夜营业的一家大型书店。

他们朝着文学区走去。立井到书店只是站着浏览周刊杂志，这里对他来说是个陌生的地方。高木则迈着坚定的步伐，在一个书架前停下了脚步，一路上沉默不语。

《潮海晴特集》的广告映入眼帘，那两本书堆满了整个书架，封面是犹如深渊的黑色搭配炫目的红色，非常吸睛。

立井对这本书有印象。

高木拿了两本书走向收银台，结账后把装着书的塑料袋递给立井。

“给你。”

立井微微低下头，视线再次落到了书上。

“我记得你的房间里也有这两本书……”

“因为作者是我。”

立井发出诧异的声音，高木点点头。

“我还以为你早就知道了。”

高木从书店出来后，在自动售卖机买了矿泉水和可乐，然后把装着可乐的塑料瓶扔给立井，又在夜路上迈起步子。

立井借着路灯的光，翻看高木买的书。作者介绍栏里除了去年出道之外没有任何资料。看到书腰上写的累计发行量后，不难想象眼前的人是一位畅销书作家。现在回想起来，立井记得自己在电车里面的广告看到过“潮海晴”这个名字。

“‘潮海晴’是你的笔名吗？”

“虽然我考上了大学，但写小说太忙了，我其实打算休学来着。”

“原来如此……”

“虽然这个行业是靠能力取胜，但也有一些肤浅的人重视学历，而且也不能保证作家这个职业能干一辈子。不过现在写小说很忙，所以希望有人能代替我完成大学学业。”

“好厉害……”

除了这三个字，立井说不出任何话了。他激动地翻看着封面，盯着腰封上的推荐文字并为之惊叹。虽然吃了一惊，但谜题已经全部解开了。高木连房门都不踏出一步，原来是为了写小说。

两人走着走着，来到了公园。这个用砖瓦修建的公园位于高层公寓的间隙。高木慢悠悠地在长椅上坐下，立井也在他隔壁坐了下来。

“接下来轮到你了。”高木一脸严肃地说。

“轮到我？”

“为什么要选择自寻短见？”

立井这才反应过来。对了，迄今为止对方从来没有问过自己，他感到不可思议。接着，他向高木讲述了腰伤的情况。

“我想知道在这之前的事情……”高木打断了他的话，“你为什么高中就辍学打工？”

高木似乎是在等立井组织语言，喝了一口矿泉水。

虽然内容难以启齿，但立井没有打算含糊搪塞，因为对方已经把他的秘密毫无保留地告诉自己了。

立井也喝了一口可乐润润喉咙。

“简单来说，就是我父亲被人恐吓，然后失踪了。”

立井的父母在大街一角经营一家外送便当店。这家小店主要做当地人生意，经营红白喜事的便当外送服务，夏祭时期还会把寿司和冷盘小吃等外送到各条街道。虽然算不上生意兴隆，但依靠老客户的关照总算能维持生计。这家店的情况就是如此。

便当店由父母经营，但在立井十六岁的时候，父亲遇到交通事故，状况从此急转直下。

似乎是因为父亲突然急刹车，导致后车来不及躲避而发生碰撞。

后车是一个男人载着他的女儿，男人提出不会报警，但作为交换条件要求给和解金。一开始，他要求的金额不多，父亲因为顾忌闲言碎语，便爽快地支付了。但后来对方提出要支付当时也坐在车上的女儿的治疗费、心理咨询费等，漫天要价，还曾在立井家的玄关大喊“未满十岁的女孩在事故中受伤了”。

父亲躲避警察的理由有两个——第一，他不想被吊销驾照。他之前有超速驾驶等前科，累积了不少违章扣分。外送便当店主要做外送生意，绝对不能被吊销驾照。第二，要是这次的交通事故问题越演越烈，对依靠做当地人生意为生的外送便当店来说无疑是雪上加霜。没有人希望在喜庆的宴席上吃到让女孩儿受伤的店主做的便当。要是此事变得街知巷闻，父亲辛苦经营的一切将会化为乌有。

最后，父亲无力支付赔偿金，迫不得已关了店铺。本来生意就只能勉强糊口，如此一来根本无法支撑一家人的生活。这件事就是一切不幸的导火索，后来立井的父亲失踪，母亲病倒了，于是他高中退学，开始工作赚钱。

在立井说话时，高木一言不发，只是坐在长椅上，双手交叉放在大腿上。安静地听完立井的话后，他问道：“你的父亲是个怎样的人？”

立井不知道这为什么会引起他的注意。难道这是触动小说家心弦的重点吗？

“他曾经是一个很温厚的人。”立井微笑着说，“生意好的时候，他经常带我和妈妈出去玩。每到春季，爸爸就会做便当给我吃，还会带我们去看山樱。我刚刚说的话可能让你误会了，但他以前是一个很顾家的父亲。”

每年去赏花的会场，在会场看到的光景……立井漫无边际地把对父亲的回忆告诉高木。

高木向他投去尖锐的目光。

“听你这么说，他不像一个会丢下家人消失得无影无踪的人啊……”

“不，关于这点……”立井含糊其词，“不知道该说这是他的优点还是缺点……他是一个温柔的人，但是有点儿软弱……我们在他的新工作的问题上起了争执……”

为了保全家族的名誉，立井隐瞒了故事的细节。他告诉高木，自己和父亲的对立最后演变成相互争执，最后父亲就失踪了。

高木没有进一步追问，也许是顾及立井的心情。

对于之后的事情，立井就直截了当地告诉了高木。腰伤之后，他住进了旅馆，因为忍受不了孤独感和无力感就选择了寻短见。

高木只是简短地低语：“原来如此……我知道你的经历了，但还是不能认同你选择自寻短见的做法。”

他一边说，一边捏扁塑料瓶。

“我要告诉你一点——就算别人不需要你、不渴求你也没关系。”

“没关系是什么意思……”

“就算被世界遗忘，我们的灵魂也在这里。”

“灵魂……”

立井重复道。他消化不了这句夸张的话语，也无法理解。这是佛教的思想吗？

然而，他变得轻松了许多。

高木没有再说话，而是从长椅上站起身来，沉默地沿原路折返。

立井无法理解那天晚上高木说的话是什么意思。他只知道两件事：

一是这四年里自己能够继续过着分身的生活，直到大学毕业。二是高木似乎不是什么品行恶劣的家伙。

对立井来说，高木健介无疑是自己的恩人。从他那里获得的这四年，不能白白浪费。因此，他努力地充实自己的大学生活。

学习、资格考试、打工、社团活动，这一切他都努力地做到尽善尽美。

刚入学的时候，大学的讲义晦涩难懂，但在朋友的教导下他跟上了进度，遇到百思不得其解的专业知识就向高木请教。大部分知识高木都能清晰地讲解，他没有学科短板，无论是经济学还是哲学，只要是立井提出的问题，他都能一一解答。为了尽量不给高木添麻烦，立井利用打工的间隙窝在图书馆学习。他花了一个月读完了陀思妥耶夫斯基的《罪与罚》，并埋头学习日商簿记检定考试（**注：日本的一种会计相关等级考试**）的知识。他从未想过，自己居然会迎来彻夜守在书桌前学习的日子。

腰伤稍微缓解后，他也开始了打工。在和高木分别之前，他必须存钱。他成了补习班的评分老师，高中退学的他要做这份工作很勉强，但只要出示高木的学生证就顺利被聘用了。

立井还接受了学院同学的邀请，加入了志愿者社团。每两周去一次保育园或幼儿园给孩子们提供服务，每次志愿活动结束后便一同去聚餐。本来就善于与人交流的立井成了社团的中心人物，当起了大一学生的队长。其他同学也经常找他倾诉烦恼，因为“高木健介”今年二十岁，是同年级学生的哥哥。

立井尤其会设身处地为同学们解决金钱方面的烦恼，因为他自己也在金钱问题上栽过跟头。有些同学担心不知道什么时候才能拿到助学金，而有些家伙就会以他们为目标，介绍他们参加自我启发研讨会以牟取暴利，这种家伙在大学里数不胜数。研讨会的目的在于倒卖限定商品或赚取视频网站的广告费，每次的参加费用高达十万日元。在学生们烦恼于是否应该支付这笔费用时，立井就成了他们的指路明灯。

不知不觉中，"高木健介"就成了大学里的名人。

"高木健介"的手机上不断收到关于人生问题的探讨和聚餐邀请的短信。虽然他没有谈恋爱，但交了许多朋友。

立井非常享受以"高木健介"的身份生活的日子。

半年后，立井和高木健介的关系开始发生变化。

"你能看看我的小说吗？"高木突兀地问道。立井看完高木递来的原稿，发表感想过后，高木用力地点头。从那天起他就拜托对方辅助自己写作了。

"潮海晴"的作品类型是纯文学，文风可以用"闭塞"这个词来形容。故事在封闭的人物之间展开，情节沉重，结尾也不一定是大团圆结局。既不是温暖人心的恋爱故事，也不是让人惊叹的推理故事，却让人抑制不住想要阅读的欲望。

潮海晴的出道作品《翅膀生锈的孩子们》讲述了一个孤独男孩的故事。男孩没有上学，他所认知的世界里只有电视节目以及和母亲的对话。这名少年在白纸上描绘自己想象中的世界，最后盲目地认定自己所描绘的情景就在世界的某个地方，并外出寻找。母亲觉得他的行为怪异，便离开了他。

第二部作品是《向无意义的夜晚旅行》，讲述的是在情侣酒店工作的一个青年细致观察住客的故事。他通过监控摄像头的录像联想客人们的人生，然后和某天认识的一个女孩的人生做比较。

高木健介正在进行第三部作品的写作。立井在他执笔写作的过程中看到原稿，看完后把感想告诉他。高木要求哪怕是细微的意见，也但说无妨。

两人讨论的时间必定是晚上。白天，立井在大学时，高木便继续写小说，晚上立井读过小说后指出有疑问之处。当高木的写作进度停滞不前时，立井就会指出他过去作品中不自然的地方。

比如《翅膀生锈的孩子们》里的一个情节引起了立井的注意。

故事的主人公是一名少年，某天在公寓外面等待一个男人归来。他在门前抱腿坐着，眺望天空。天空中排列着喷出白烟的烟囱，高木将它们比喻成蜡烛。少年在等一个不正经的酗酒男人。等男人爬完楼梯后，少年垂下头。“一次就好，请帮我庆祝生日。”少年说完，递上从母亲钱包里偷来的五千日元。

生日蛋糕的蜡烛和工厂的烟囱重合的情节给人留下深刻印象。立井后来才知道，这个用金钱买父爱的独一无二的描写得到了许多读者的赞赏。

“现在还有喷出白烟的烟囱吗？”

听到立井的感想后，高木皱眉道：“什么意思？”

“工厂喷白烟——考虑到环境问题，应该被整改了吧。”

“是啊，不过这个部分的白烟，准确来说不是烟，而是热气。不过是从孩子的视角写的，所以不会写成‘热气从烟囱里蹿出’。”

“噢，我住的小镇里面有没有这种工厂呢？”

“应该有……原来如此，要是没留意的人看到这情节就会感到莫名其妙啊！”

高木对于这种吹毛求疵的意见也没有显露出半点不满，反而津津有味地进行思考。立井便努力回应他的期待，积极地提出各种疑问。

在第二部作品《向无意义的夜晚旅行》中，立井注意到了作品中出现的学校。主人公和某个女孩很亲近，一起到她的学校参观，但小学和中学在同一栋教学楼。

“很奇怪吧？”立井提出疑问后，高木回答道，“因为学校在乡下，学生很少。”

高木对于小说的态度十分认真。

敲击键盘声几乎不间断地从他房间里传出。然而敲击键盘那不绝于耳的声音却没有体现在完成的原稿文字数量上，立井便提出了疑问：“为什么花费的时间和原稿的字数不成正比呢？”

高木是这样解释的：相同的场景，他会写十个版本，从中挑选最好的版本再加以修正，然后再给立井看。立井对这惊人的写作量感到震惊。

高木珍惜每分每秒，把时间都用在写作上。就算立井提议“偶尔出去吃个饭吧”，高木也不赏脸。

“我还是个半吊子，所以没那闲工夫。我只能写出主人公有多么悲惨的故事，无法更进一步了。”

这就是他的解释。他面无表情，有点儿厌倦地说着。尽管他的小说已经受到世人赞赏，不断加印。

看到高木异乎寻常的态度，立井不禁对他的身世感到好奇：到底是什么驱使他对写小说如此狂热呢？

然而，高木对于自己的身世绝口不提。他有一支爱用的笔，是金属竿的圆珠笔，像针一般细长。他时常在客厅把圆珠笔的各部分拆下来仔细地擦拭。那支笔应该有些年头儿了，笔身的黑色涂料已经剥落。

那支圆珠笔似乎是他人生观的载体，立井曾不经意地问过他那是不是别人送的礼物。高木的回答很冷淡。

“我不想告诉别人。”

这是一句立井习以为常的话语，每次他询问后，高木总是耸耸肩，像要加以搪塞一般。

他始终隐藏自己的身份，绝对不会把自己的经历告诉读者。照片就不必说了，连出生地和年龄都没有公开，也拒绝接受任何采访，和责任编辑的联系是通过邮件来完成的。

潮海晴完全是一个蒙面作家，不会显露自己的真实面貌，只是一个老老实实地持续专注在作品上的克己小说家。

大概，这种被重重谜团包围着的作家形象更吸引读者吧。

立井对高木的敬意日益加深。

高木的作品有一种强大的吸引力。立井曾经因沉迷于阅读他的小说而忘记时间流逝，导致上学迟到。就算仅看一眼，也会发现很多引人入胜的伏笔和暗示，在他向高木提出各种问题的同时，也会有许多崭新的发现。在发现过程中的兴奋感也是阅读小说的一种体验，他已经完全沉浸在潮海晴的小说世界里了。

立井对协助高木写作一事变得乐此不疲。以受恩者的身份，以一个粉丝的身份，还有以高木分身的身份。

他所度过的大学生活原本应该属于高木。为了能让高木把大学生活用在小说写作上，他以书面形式总结了自己的日常。既有在社团和打工场所产生的复杂人际关系，也有在大学课堂上兴致盎然的研究，还有旅行照和亲身经历的独一无二的真实体验——在他仔细向高木讲述的时候，高木反而向他提出了请求，希望他详细地告知当时的心情。

有时，高木还会要求他提出针对小说的改善方案。虽然他也曾担心自己也许显得有点儿高高在上，但依然积极地提出了方案，这些方案并不是以一名任性的读者的身份提出的，而是站在创作者的立场上经过深思熟虑得出的构思。这些想法得到了高木的表扬，却一次都没有被采用。虽然也有不甘心，但他以提出高木认可的方案为远大的目标。

有时候白热化的讨论会持续到深夜。争持不下时，两人一定会外出散步，而后就会不可思议地得出结论。和高木沉默地走着，思路也逐渐变得清晰，立井并不讨厌这种感觉。两人四目相对，点点头，然后回家。

就这样，两年转瞬即逝。

在第二年的春季，潮海晴的第三部作品《木桩》的初稿完成了。

中途，高木重写了好几次，虽然花了相当多的时间，但立井坚信这部作品一定是佳作。两人一直在房间里讨论到临近截稿之际。立井强调作品中出现的暗号太简单了，但高木始终坚持，不肯修改。到凌晨四点，立井让步了。

接着就是修改原稿的工作，不过这也总算告一段落了。

把原稿发送给责任编辑后，两人不约而同地在同一时间出门散步。

“多亏你的帮忙，完成了很好的原稿。”

和高木的话相反，他的声音里流露出一种并不是很兴奋的感情。

立井忍俊不禁。

“不过你看起来有点儿不满意啊。”

“嗯。虽然刚完成就这么说不太好，但那的确称不上是理想的原稿。”

“再慢慢修改就好了，先休息一下再说吧。”

立井用开玩笑般的口吻说完后，高木便点点头说道：“是啊……那要出去吃顿饭吗？”

他看了看路旁盛开的樱花。

“跟你一起生活也两年了，顺便庆祝一下吧。”

立井“咦”了一声，以确认对方的提议不是开玩笑。

“好啊，去吧。”

他提高了音量。在这两年里面，高木从来没有说过“到外面吃饭”这几个字。就算是盂兰盆节和圣诞节，他也只是待在自己房间里吃速冻食品。

“我来预约吧。要吃什么呢？”

神采飞扬的高木露出了微笑。

立井则为和高木第一次外出吃饭而兴奋雀跃。

然而，在那个值得庆贺的日子里，高木健介并没有在店里出现。

在立井润贵成为他的分身的两年后——高木健介失踪了。

第二章

天公不作美，在两周年纪念日这天，下起了大雨。

立井开完在大学图书馆的社团会议后，便马上前往池袋。

立井准备了一个玻璃杯当作礼物。虽然担心同性之间送这种礼物会有点儿奇怪，但据立井所知，高木并没有会给他送礼物的朋友或恋人。有一个给自己送礼物的人也不错吧？如果能以此为契机，平时两人也能一起喝喝酒，肯定会很开心。

立井提前到达会合的地点，一家大学生会光顾的酒吧，饮料的价格在五百日元以内。因为店内正在转播足球比赛，圆桌区域变得十分热闹，他便起身在吧台处坐下。

高木已提前告知立井说自己可能会迟到。

立井点了一杯杜松子酒，等待高木的到来。两人约好在晚上八点见面，现在距离约定的时间还有二十分钟。

在等候期间，立井从背包里取出小说原稿，这是刚发给责任编辑的《木桩》的初稿。编辑给出的评价让人满意，也几乎没有提出修改要求。立井很高兴，像是自己被夸奖了似的。接下来应该就是高木进行最后调整，然后把原稿回传给对方。如果要将问题点告诉高木，现在时间已经不充裕了。

"潮海晴的第三部作品是出色的恋爱小说"——责任编辑给出了很高的评价。《木桩》讲述了少年和少女离家出走并开始一起生活的故事。在狭窄破烂的屋子里，两人携手生活。无论什么时候，两人始终牵着彼此的手，一直待在屋子里，然后故事拉开序幕。

两个登场人物为什么离家出走，是因为害怕什么而牵着手——关于这两点在作品中都没有讲述。这是一部充满潮海晴特有的闭塞感的恐怖纯爱小说。

立井觉得不自然的是女主人公的形象。

她出生在一个贫困的家庭，短头发，牙齿磕掉了一小块，是个笑起来很可爱的女孩。和少年比起来，她的言行很幼稚。每次做饭时，她的反应都很大，少年睡着时，她会在一旁犯困。少年的年纪在十六岁到十九岁之间，而她明显透露出稚气。若将作品定义为恋爱小说，会让人感觉主人公之间有年龄差距。

立井已经把这个不自然的地方向高木说了很多次，但高木依然固执己见，不肯修改原稿，似乎对女主人公的形象十分执着。他是想写具有年龄差的恋爱，还是……

从一开始这就不是一部恋爱小说?

立井想确认，可是关键人高木却迟迟不出现。

他看了看手表，指针指向了九点半，早已超过约定的时间。

真奇怪，这也迟到太久了。如果是碰上什么麻烦事，好歹也告知一下啊。是因为平时不出远门，所以迷路了吗?

立井肯定了自己的想法，再次把目光放在原稿上，继续等待。

然而，高木健介的身影依然没有出现。

高木健介已经失踪两天了。

音信全无。

立井觉得在庆祝两周年纪念日这天，高木实在迟到太久了，便只好打道回府。然而屋子里也没有高木的身影，客厅里放着他的手机。他的鞋子不见踪影，很明显，他出门了。

已经过了深夜零点，高木依然没有回家，于是立井打电话到附近的医院。现在的高木健介身上没有任何身份证明，立井便到处询问是否有身份不明的伤者被送进医院。然而，并没有出现和高木的特征吻合的人。

“到底是怎么回事？”

在空无一人的房间里，立井陷入沉思。

高木健介消失了，如同烟雾一般。

面对这个事实，立井思索着——“他失踪了？但就算是这样，也不能寻求警察的帮助……”

立井担心的不只是高木的人身安全。如果高木就这么失踪了，自己要怎么办呢？这个想法也令他十分困惑。

就在这时，门铃响了。

“总算回来了！”

立井向对讲机的屏幕飞奔过去，然而液晶屏幕上显示的并不是高木，而是两个穿着西装的人。

光是观察他们的长相，立井就能判断出他们的职业——警察。

中年男警察说话时带着烟味儿，他告诉立井不方便在引人注目的地方详谈，要求立井去一趟警察局。虽然语气毕恭毕敬，但他的眼神表明他在怀疑立井。他从头到脚打量立井，让立井的惶恐无处遁形。一旁的年轻警察脸上倒是流露出几分紧张。

中年警察体格健壮，透过衬衫也能清晰看到隆起的肌肉，光是站在他面前就让人有点儿胆怯。

对方亮出警察证件，立井瞬间感觉自己脸色发青。

“去警察局……为什么？”

难道自己冒充高木的事情暴露了吗——他警惕地想。

中年警察开口说道:“是关于前天在杉并区发生的溺死案件。”

“溺死案件？”

立井发出了诧异的声音，这是他始料未及的回答。

在警察看来，立井的反应似乎也出人意料。年轻警察显出惊愕的神色，中年警察倒是不为所动。

立井坐上警车，前往警察局。途中，中年警察试探着调侃立井，说他一个大学生住的地方挺不错，但立井用模棱两可的回答搪塞过去了。在对方眼里，他一定是个笨拙的学生。

一进审讯室，立井就咽了一下口水。里面只有桌子、椅子和电灯，是一个朴素的房间。男人的汗臭味不断涌入他的鼻腔。

立井感觉一旦坐在折椅上，对方就不会轻易让自己离开。在警察的注视下，他顺从地坐下了。

“不想说的事情可以不说。”

刚刚那位中年警察说完这句话后，便在立井面前坐下。立井知道他这句话并不是出于友好，而不过是告知保持缄默权利的流程罢了。从中年警察的态度看来，他并不是通过观察立井的神情而收集线索，更像是想让立井感到害怕进而迫使其招供。

“我是嫌疑人，还是知情人？”立井问道。

中年警察眯起眼睛：“最近的学生懂得挺多啊！”

“只是凑巧知道而已。”

当高木的小说助手时，立井曾经了解过，接受审讯的对象有两种，分别是知情人和嫌疑人。

“是知情人，至少现在是。”

他在暗示立井很有可能成为嫌疑人。紧接着，他拿出记事本，对案件进行说明。

前天，警察在杉并区内的蓄水池发现了一具男性尸体。解剖结果显示，水进入其肺部，死因确定为溺死。受害人名叫荣田重道，今年三十二岁，在饮食店打工。

“知道什么就说吧，什么都可以。”

中年警察压低了声音，气势逼人。然而，立井真的毫无头绪。

“为什么你们觉得我和这起案件有联系？”

中年警察咂了一下嘴，听起来让人不快。立井眉头紧锁。

“死亡时间估计是前天晚上九点到十点，受害人在晚上九点前离开了打工的地方。他清楚地跟同事说‘我要去见一个叫作高木健介的大学生’，东京都内叫这个名字的只有你。”

听他讲完详情之后，立井依然一头雾水。

然而根据警察的话来看，受害人的手机里有和“高木健介”通过邮件联系的记录。立井坚称是其他人冒充“高木健介”，然而对方态度十分冷淡。

立井搞不清楚现在的状况，因此变得越来越烦躁。他知道如果自乱阵脚就会让警察的计谋得逞，却依然高声质问：“先不说别的，死因是溺死对吧？只是他自己不幸溺水而已吧？”

中年警察冷笑道：“尸体上没有外伤，但衣服凌乱。所以在他溺死之前，和其他人发生争执的可能性很大。体内没有检测出酒精，很有可能是他杀。”

立井咬紧嘴唇，擦拭脸上冒出的汗。房间的温度并不高，但无论他怎么擦，汗水依然不断涌出。他否定了掠过脑海的一切可能性，只是一个劲儿地重复着“我不知道”这句话。

立井对这起案件的详情一无所知，但是对于真正的嫌疑人是谁，他却心里有数。

是高木健介。

受害人荣田重道也许是高木认识的人。高木把荣田喊出来后，将其推到蓄水池里杀死，然后逃走。这个推断和警察口述的情况以及高木失踪的情况吻合。

虽然理性让他作出如此判断，但他有一股强烈想否认的冲动。他在脑海里搜索能进行否定的线索，甚至顾不上擦汗。

中年警察从椅子上起身，走向立井，将油光发亮的脸凑近他，然后小声说道：“是你干的吧？”

立井咽了咽口水。他甚至不必问这是怎么回事，也知道现在自己被扣上了犯罪嫌疑人的帽子。

在这之后，警察单方面地在假定立井是杀人犯的前提下进行对话。

立井还年轻，只要他坦白招认，就能以伤害致死罪入刑，这是最佳解决办法。如果罪名是伤害致死而不是杀人，根据案情也许还能判处缓刑。不过要是他继续保持缄默，警察就不得不展开调查。如果证据齐全，检察方应该就会以杀人罪或者强盗致死罪起诉他。

“要认罪的话可就要趁现在了。”中年警察威胁道。虽然他逼供的内容与事实并不完全相同，却令立井的内心产生了强烈的动摇。正如他们所言，保持缄默对立井不利。要是他们查出他和高木交换了身份，那他还能坚称自己不是共犯吗？

立井掩面沉思。视野被黑暗覆盖后，他的内心也稍微平静了一些。

高木健介涉嫌杀人——按照他现在失踪的情况判断，很难排除他和这起案件的关联。倘若高木真的犯罪了，那立井有不惜与警察为敌也要包庇他的理由吗？

到底应该相信什么？

到底应该依靠什么？

是眼前警察的推论，还是自己的恩人呢？

“我什么都不知道。”

立井马上决定了答案，然后把手从脸上挪开，迎着警察投来的充满敌意的目光进行反击，斩钉截铁地说道：“我有不在场证明。那天晚上七点前，我都在大学图书馆和社团的人开会。之后，我乘坐电车前往池袋，在车站里面的自动柜员机取了一万日元，然后去了车站附近的酒吧，坐在吧台处。从晚上八点到十一点，我都在那里，店里面有监控录像。”

“你说的是真的？”

立井抓住了警察动摇的瞬间，继续说道：“还有，我的腰疼得厉害，一直有去医院看病。最近痛感减轻了，但还是不能做剧烈运动。我不知道受害人是被推下水池还是被按住脸部溺水，但是我这种情况杀不了人。”

“这个嘛，方法应该多的是。”

“如果我真的想杀人，应该会用别的方法。”

等立井一口气说完后，两个警察四目相对。年轻警察微微摇了摇头。中年警察再次看向立井，态度变得温和。

“撒谎是行不通的。”

中年警察再次警告，但立井没有动摇，因为朋友可以证实他不在场。他在大学图书馆、酒吧以及医院的事实应该也能得到证明。

“好吧。我现在写口供记录，你从不在场证明开始，详细说说。”

中年警察不耐烦地说完后，立井松了口气。

看来至少避免了被当场逮捕。

然而，立井依然感觉中年警察的态度带刺。他事无巨细地询问立井前天的行踪，从乘坐电车的时间到在大学图书馆的朋友，并执拗地反复提问同一个问题。

“不好意思啊，我的工作就是把可能性逐个击破。”

他以此为借口。

虽然立井对此感到不满，但总算放下了心头大石，安心感让他把要说的话都咽下去了。

然而，中年警察最后的举动让立井动摇了。

“最后能让我们取一下指纹和拍个照片吗？”

真是措手不及。立井不禁发出“咦”的一声。

“我只是知情人对吧？”

“只是以防万一。”

“什么以防万一……”

“不方便吗？”

为了掩饰自己的狼狈，立井只好答应。

“没问题。”

他知道对方是在试探自己的反应。要是现在拒绝，对方对自己的怀疑一定会加深。为了尽可能掩饰自己的表情，他转移了话题——

“对了，说到照片，有受害人的照片吗？我有点儿好奇。”

“说的也是，还没给你看照片。”

中年警察拿出一张照片，可能是驾照上的，上面清晰地显示着受害人的脸。

“你对这个人有印象吗？”

“完全没有。”

立井保持平静。中年警察一脸无趣地收起照片。

之后立井等了一会儿，他在口供记录上签完字后离开了警察局。

然而，中年警察依然用充满猜疑的目光盯着他。看来他的嫌疑未能完全洗脱。

立井把手抚在自己的左胸上，深呼吸。

心跳和呼吸过了好一会儿才平静下来。

一回到家，立井就冲进洗手间，把胃里的东西全部吐了出来。在呕吐的过程中，可以放空大脑。当胃部变得空荡荡后，他漱了漱口。

因为眼前的问题，他连站都站不稳了。

从高木的房间取出常温保存的矿泉水后，他一口气喝掉了半瓶。

“这下麻烦了……”

他坐在高木经常坐的办公椅上，自觉已经没有退路了。他向警察隐瞒了自己的真实身份，还在口供记录上签了字。如果高木健介真的是杀人犯，立井就成了帮助他逃亡的帮凶。

不过立井并不后悔。高木曾经告诫过他，挪用他人的身份证属于诈骗罪。要是把这个事实告知警察，他应该也难逃问罪。

“高木现在到底在哪里？”

他打开手机，查看信息通知栏。高木失踪之后，他在不知不觉间养成了查看手机的习惯。然而，锁屏画面只显示了来自社团伙伴的聚餐邀请。

高木应该不会再跟自己联系了——他有这样的预感，但他不能坐以待毙。

他在手机上打开新闻网页。虽然这不是一起重大新闻，但有好几家报社都报道了杉并区的溺死事件，页面上都写着“警察将从意外事故和他杀两方面进行调查”。然而，从警察的态度来看，他们调查的重点似乎是他杀。首先对他杀的可能性进行彻底调查，只有在没有找到证据的情况下才会将这起案件认定为意外事故。

所有新闻上都没有嫌疑人的消息。正如警察所说，现阶段“高木健介”只是极度接近嫌疑人的知情人而已。

接着，立井搜索了受害人的名字“荣田重道”，匹配结果意外的多。

四年前的新闻网站的链接已经失效了，但相关信息还能在好几个博客里看到。

立井看到后低低地哼了一声。

“存在故意碰撞别人的汽车，进而威胁获取和解金的‘碰瓷’行为。”

“警方公布了以恐吓罪嫌疑逮捕的犯罪嫌疑人的名字——荣田重道（28岁）。”

“上个月，嫌疑人荣田重道主动碰撞在路上行驶的汽车，威胁男司机‘付钱就跟你和解’，并从他们身上骗取现金。”

“根据口供，他主要以个体经营外送服务的人员和司机为目标。”

博客里还有坐在警车上的荣田重道的照片。

立井记得这个人。

“是那个恐吓父亲的男人……”

在审讯室里看到照片的时候，他就注意到了。荣田重道就是过去恐吓自己父亲，并把自己的家庭弄得支离破碎的男人。

“他果然是以恐吓为目的的碰瓷‘专家’……”

立井用力敲击桌面，而后两手掩面。

溺死的男人过去曾经是犯罪分子。看完博客的文章后，立井泪流满面。流泪并不只是因为悲伤，而是无法忍受汹涌的情感，不禁哽咽。

父亲被交通事故的罪恶感折磨，向荣田支付了赔偿金。然而这只是对方设下的一个圈套。一想到荣田重道在背后嘲笑父亲的样子，立井就流下了不甘的泪水。他胡乱地挠弄头发，无数次捶着桌面。

荣田出狱后不久就溺死了。

立井不知道到底发生了什么，但摆在面前的事实只有一个。

把受害人喊出来的“高木健介”，和立井父亲有过节的男人离奇死亡，以及在事件发生那天不见踪影的高木健介——这三个要素并不是偶然重合。还有最关键的一点，立井把自己的过去一五一十地告诉过高木。

“警察没有弄错，你的确跟这起案件有关。”

立井发出微弱的声音，希望高木马上否定这个假设。

然而，知道真相的高木健介却不见踪影。

立井坐立不安。

这两年里积累而成的日常开始逐渐崩溃瓦解。

和朋友一同努力学习的大学生活，和高木一起钻研小说的同居生活，眼看着都将消失。他的存款已经捉襟见肘，也没有十足的把握那些大学朋友会相信自己的清白。

如同沙子做成的城堡会随风消散一般，他好不容易抓住的稳定生活也要画上句号了。

要是现在被逮捕，无依无靠的自己出狱后将何去何从呢？

不被任何人需要，选择自杀的那一天。

于樱花树下摇晃的塑胶绳在他脑海里挥之不去。

我不要这样——他暗暗呐喊。

夜幕降临之前，他都在翻着高木健介的随身物品，看能不能从中找到其身在何方的线索。然而一切都是徒劳，高木本来就没什么物欲，东西少到甚至让人怀疑他是不是光靠衣服、枕头、被子和笔记本电脑就能生存下去。

他留下的笔记本电脑和手机上面也没有显示任何与他的交友关系有关的痕迹。通话联系人除了立井和责任编辑以外没有别人，手机上只有因为联系不上高木而忧心忡忡的责任编辑发来的多条短信。

然而，和荣田重道相关的资料却保存在笔记本电脑里。

电脑里面有新闻报道的电子版资料。荣田重道被捕的时候是市政府的非正式职员，因此被判了两年徒刑。

高木健介调查过荣田重道，这就是佐证他和这起犯罪案件有关的证据。

现在没有闲工夫庆幸荣田的死了。

高木现在到底在哪里，又在做什么呢？

立井的内心完全被不安所占据，最坏的可能性在脑海里浮现。

——高木健介把杀人的罪名嫁祸给立井润贵，然后逃之夭夭。

不可能，无法想象。自己的救命恩人不会这样做！

立井抱着思绪混乱的脑袋，尽力说服自己。

至少如果高木的目的是那样，那么犯罪当天，高木应该就不会给自己制造不在场证明的机会。

可是，高木健介在立井眼前消失，到底是为什么呢？

“只能找高木问清楚了，但要怎么把他找出来啊……”

烦躁时的自言自语也变得异常响亮。

高木健介的交友对象只有立井和责任编辑，但是立井不能把高木健介失踪一事告诉责任编辑。但凡有常识的社会人士遇到这种情况都会去报警吧？那样太冒险了。

立井想过在网络论坛收集线索，于是发了一个标题为“有人认识高木健介吗”的帖子。但下一秒，他就发现自己干了件蠢事：这种可疑的帖子，肯定会被无视吧。

那就从潮海晴入手吧。可是潮海晴是蒙面作家，并没有公开过自己的履历，甚至连出生地都没有公开。

立井的想法屡屡碰壁。高木本人以前有没有留下什么线索呢？行不通，他与高木的话题多数围绕着小说展开，或是聊哲学或是聊抽象文学，只有这样的对话。

“不如当我的分身吧？”

立井想起高木当时对自己说的话。

这句话是字面上的意思吗？抑或是这次失踪在两人相遇之时已经

计划好了呢？高木当时是以什么心情跟立井说这句话的呢？

分身——

立井忽然灵光一闪，想到了一个追踪高木下落的方法。

接受警察盘问后的第二天，立井来到了市政府。

他用高木健介的名字写了申请书，并和学生证一起上交给职员。职员看了看立井的脸，便把受理牌交给他。

学生证上的照片是立井润贵的，应该能顺利办妥。

这个方法只有身为高木分身的他能用。

十五分钟左右的等候时间无比漫长。

听到自己的名字后，立井马上走到窗口领取某样东西并小心翼翼地放进信封里，在没什么人的洗手间里埋头看了起来。

立井申请的是——高木健介的居民卡。

居民卡上写着高木健介以前的住址，位于东京近郊。

这里就是他的故乡啊……

也许这是没有留下任何采访报道的潮海晴的出生地。

他轻轻地将高木健介的居民卡放回信封。

他想马上向高木问个究竟——

有没有方法突破现在的困境？你是真的杀了人吗？这两年的分身生活是真实的吗？

他在自动柜员机上取出打工的工资，再次确认居民卡上写的内容后，便查询JR列车的发车时间。

第三章

高木健介的故乡离东京不远。从新宿站坐在来线（**注：泛指日本除新干线以外的普速列车**），三十来分钟就能来到这个位于城郊的住宅区，距离立井出生和长大的城市很近。

下了车，站在这片土地上，一种似曾相识的感觉涌上立井心头。中等高度的楼房包围着车站，楼房的一楼和二楼是熟悉的餐饮店——汉堡店、咖啡店、牛肉盖饭店、居酒屋，还有都市银行……车站附近排列着各种在全国范围内有一千家以上连锁店的店铺。明明是繁荣的城市，却比冷清的乡下更让人觉得无趣，光是看着就感觉不舒适。

坐上公交车后，总算出现一些像样的街景。看到沿着国道排列的工业制品商家的广告后，立井知道这是一座工业发达的城市。

车窗外能看到工厂。橘色烟囱似乎要延伸到天际一般，排列得整整齐齐。

立井想起和高木讨论潮海晴的出道作品的情景。

“现在还有喷出白烟的烟囱吗？”

针对这个提问，高木的答案是这样的：“可以在清洁工厂和发电厂看到，在工业地区也有。”

白色的雾气从烟囱上方徐徐上升。这座城市也许就是那个故事的背景地？立井心想。大概在高木看来，烟囱林立的景象有着特别的意义。

我要跟他道歉——立井暗下决心。

扬起白色烟雾的工厂是真实存在的，可是关键的道歉对象的行踪却不得而知。

车内广播报了即将到达的车站站名后，立井按下了下车按钮。

他再次确认了居民卡上写的内容，以前的住址和原本的户籍一致，迁入日和迁出日都是三年前，也就是在高木十九岁的时候。

高木健介的老家应该就在距离公交车站不远的地方。

高木健介老家的住房是一座带院子的独栋建筑。

离开卡车来来往往的县道，立井沿着星星点点的田地一旁的道路行走，雅致的灌木篱笆映入眼帘。椿树长得比立井还高，篱笆下面是已经凋零的赤黑色花瓣堆。

屋子面积并不大，有两层，是瓦制屋顶的木结构住宅。

院子里有可以容纳汽车的空间和轮胎痕迹，但车子不在，应该是被主人开出去了。

立井确认了“高木”的名牌后，按响了门铃。如他所料，无人应答。他反复按了几次并耐心等候，屋里没有任何响声。

“这个时间，他在公司里。”

声音从篱笆对面传来。

立井扭头一看，从椿树的间隙中看到一张上了年纪的女人的脸。

“要找高木先生的话，走过两座房子，右边就是。”

看样子是邻居，她大概认为立井是罕见的客人，出于好心便把自己所知告诉了他。

立井觉得这是一个好机会。

“请问您记得有一位叫作健介的男孩曾住在这里吗？”

“健介？”女人皱了皱眉，轻轻地嘀咕了一下后说道，“好像有，又好像没有。我记不太清了。”

邻居甚至会和上门来访的客人搭话，这个地区的邻里关系似乎不错。那他们在街道上活动就没打过照面吗？

立井前往高木健介父亲所在的地方。远离了旱田，随着住宅逐渐映入眼帘后，他看到一座浅绿色的建筑物。走近一看，上面挂着“高木哲也税务师事务所”的招牌。一楼是停车场，二楼则是办公室。因为拉上了窗帘，从室外看不到二楼的情况。

沿着室外的楼梯上楼，立井看到“来客请按门铃”的指示后停下了脚步。

应该怎么介绍自己呢？

无论如何也不能在他父母面前用“高木健介”这个名字。

在立井犹豫的时候，门自动打开了。

穿着衬衣的男人露出了不可思议的表情。他应该五十岁左右，戴着眼镜，黑发中夹杂着银丝，脸型圆润，给人柔和的印象。

“您有什么事吗？”

男人对和税务师事务所格格不入的立井起了疑心。

立井一边观察对方的表情，一边战战兢兢地说：“呃……请问高木哲也先生在吗？”

“我就是。”

“那个，我这次是为了您的儿子健介的事情而来的。”

高木哲也的嘴唇微微颤动，他的表情凝固了，视线落在了立井的后方。

立井扭头张望，他的后方自然没有任何人。

“你是一个人来的吗？”

“对，我没有同伴。”

“这样啊……”

高木哲也和立井对视。

“我就知道迟早会有跟你一样的客人找上门。”

“您这话是什么意思？”

高木哲也没有回答这个问题。

“请进。”

他说完后，让立井进入了他的办公室。

税务师事务所里面没有其他员工的身影。办公室里有四张办公桌，上面杂乱无章地堆放着文件。其他人是出去跑外勤了吗？今天似乎没来上班。

税务师事务所的空间本来就不大，排满整面墙的文件柜给人一种强烈的压迫感。用来作间隔的沙发周围空无一物，看起来像不同的空间。这是一个充斥着墨水的气味和灰尘的安静的税务师事务所。

立井坐在招待客人的沙发上，高木哲也端来了咖啡。他在立井的正对面就座，然后报上名字：“再次自我介绍一下，我是高木健介的父亲——高木哲也。”

和高木健介的居民卡上写的本户籍的户主名字一样。立井以为对方一定会递上名片，然而高木哲也并没有这个打算。

“抱歉，冒昧打扰了。”

立井深鞠一躬。

“我叫立井润贵，是高木健介的室友。他现在有点儿麻烦。”

“你是说麻烦吗？”

“可以请您对警察保密吗？如果您把我接下来的话告诉警察，高木，不对，健介也会有麻烦的。”

他的话音刚落，就察觉到自己有些可疑。他应该备好一个周全的谎言，以获取对方的信任。

高木哲也露出了诧异的表情。

在对存在风险心知肚明的情况下，立井从钱包里拿出高木健介的保险证。

“这是健介的保险证？”

高木哲也眯细了眼睛。

“我跟他的关系亲密到他甚至愿意把这个交给我。”

“健介的保险证为什么会由你保管？”

“这个我不能说，很抱歉。”

高木哲也的视线来回落在立井的脸和保险证上。他舔了舔干燥的嘴唇，然后点了点头。

“知道了，我还是不方便知道太多是吧？”

高木哲也把保险证还给立井。

虽然轻易得到对方的信任让立井放下了心头的那块大石头，但高木哲也冷淡的态度让他有点儿在意。

高木哲也很明事理，面对立井这样的稀客也毫不动摇。

“请问您刚刚说的话是什么意思呢？您说您知道迟早会有跟我一样的客人找上门。”

“没什么，只是我的预感罢了，没什么特别含义。”

高木哲也又说道：“我不会打听你的事情。我会把我知道的告诉你，不会主动把你来找我这件事告诉警察。不过如果警察来问，我会告诉他们我被一个陌生的男人威胁，所以跟他说了健介的事情。”

高木哲也抿紧嘴唇，直勾勾地盯着立井。

虽然立井不知道原因，但高木哲也似乎不想和高木健介扯上关系。从他冷淡的语气来看，似乎想赶紧打发走立井。他对高木的麻烦漠不关心。

这样还配为人父吗？立井差点儿脱口而出，这时他注意到了——

高木哲也是圆脸，高木健介则是长脸，两人的脸部轮廓不一样。

“我这么问也许很失礼……”立井单刀直入地询问，“您和健介的血缘关系……”

“我们没有直接的血缘关系。”高木哲也说道，“我是健介的养父。”

立井拿出笔记本和圆珠笔后，高木哲也解释道：“我是在健介十一岁的时候收养他的。他在我家生活了四年，初中毕业后就销声匿迹了。我所知道的只有在那段短暂的时间里发生的事。”

“您收养健介的初衷是什么？”

“健介的父亲因为火灾去世了，他母亲没有办法独自抚养他，于是儿童福利机构就联系了我。我以前甚至不知道自己有这样的亲戚，但我和太太没有生孩子，就收养了他。”

“火灾，原来健介还有这样的过去……”

小声嘀咕后，立井突然想到了什么——

“健介当时该不会也在火灾现场吧？”

“为什么这么问？”

“他从来不自己做饭，我想他是害怕火吧。”

立井的脑海里掠过高木的身影，他一直只吃速冻食品、喝蔬菜汁。

虽然是无关痛痒的提问，但高木哲也迟疑了一会儿才给出答案。

“没错，他当时正好在火灾现场。”

“正好？”立井反问道。高木哲也接着说：“因为他们当时并没有住在一起……”

看来这个家庭有难言之隐。立井在笔记本上记录后，提问道：“高木哲也先生，我就不拐弯抹角了，健介失踪了，我现在在找他，你知道他有什么可以投靠的人吗？”

“我不知道。”

高木哲也连想都没想。

“朋友或者恋人呢？”

“也不清楚。”

“你们一起生活过吧？您真的不知道吗？”

“健介一直不愿意敞开心扉，我们也没有正式地谈过心。他自己应该也感觉不自在吧？上小学的时候他就一直把自己关在房间里，上了中学就到深夜的时候才会回来。”高木哲也平淡地说道。他叙述的仿佛不是人类，而是按照既定程序活动的机器人。漫无目的地重复着学校和家这两点一线，在房间里像是死人一般不进行任何活动的少年，真的会有这种人吗？

然而，之后不管立井怎么问，也问不出高木健介的具体交友关系。高木健介的亲生母亲似乎已经去世。

高木哲也和高木健介最后的联系也只有毕业典礼那天他留下的离别信。

“我以后会一个人活下去，给您添麻烦了。”

高木哲也尊重他的意愿，因此没有报警寻人。

他似乎真的不知道高木的下落。于是，立井开始寻找其他能提供线索的人。

立井从高木哲也处得知高木健介以前是在市立西中上初中。

“是市内的西中。”

总算得到下一步的线索了。

“和高木同年毕业的学生，可以给我介绍一下吗？”

“可以。不过我只认识在这附近的人。”

这样就足够了。

高木哲也在纸上把那个人的家庭住址用地图的形式画了下来。

立井站起身时，高木哲也说道：“立井先生。”

他的声音没有起伏，就像是在应对某项业务一样。

“也许是我多管闲事了，但我劝你还是尽量不要和健介扯上关系。”

“这话是什么意思？”

“就是让你不要强行去找他。”

高木哲也低声说：“因为那孩子让人害怕。”

“让人害怕？”

“就连他的亲生母亲，也无力抚养他。”

立井反问背后原因，但高木哲也没有给出答案。

这个忠告一直残留在立井的耳际，久久未能消散。

立井走在国道上，重新思考高木哲也的态度。

他对高木健介漠不关心，对立井的态度也始终如一。不想被牵扯到麻烦的事情里面——不管是他的话语还是态度，就连视线，都说明了这一点。

现在回想起来，高木哲也的邻居也不认识高木健介。

这也太可怜了，立井感到一阵焦躁。不可否认，高木健介当时确实也有问题，高木哲也和他也没有血缘关系，但他们毕竟一起生活了一段日子。然而，现在高木哲也居然连高木健介的人身安全都漠不关心。

大卡车在立井身边穿行，留下汽车尾气的难闻味。

现在是下午三点。

立井回想起自己上小学时放学后的时光。他经常和朋友踢足球，比起上课和教科书上的内容，踢起的足球飞向何方更吸引他的注意力。袜子也经常弄得脏兮兮的，总是惹母亲生气。

他尝试想象高木健介的少年时代，却陷入了瓶颈。高木健介也曾和自己一样，在公园里尽情奔跑过吗？还是只在养父家里屏住呼吸，无止境地等待时间的流逝呢？

他一边思考，一边朝着高木哲也所说的高木健介的初中同班同学的家前进。

一定要找到知道高木在哪里的人，现在不是烦躁不安的时候。

立井振作起精神。他没有扑空，对方是一个染了茶色头发，有点儿胖的男生。这男生态度冷淡，看到立井后就“啧”了一声。立井骗他说“我是侦探，在追寻高木健介的下落”，亮出线人费后，对方的表情总算变得友善。

这个人也几乎没有高木健介的线索，尽管两人过去是同班同学。“成绩好像不错”“是个难相处的人”——对于高木，他只有这种模棱两可的印象，根本回想不出任何具体的往事。

高木健介排斥家人，似乎连在学校也和周围的人保持着距离。

正当一筹莫展时，立井灵机一动。

“有相册吗？”

“相册？”

“毕业相册。能让我看看高木健介的照片吗？”

对方马上拿了相册出来。立井注意到其中社团活动的页面，高木的身影出现在一个意想不到的地方。

在一张照片里，学生们穿着各种华丽的队服，非常引人注目。但有一个团体仍穿着校服，上面写着“科学部·天体社”。高木一脸无趣地站在中间。

站在他旁边的是一个眼神凶狠的驼背男生。立井接着翻看修学旅行和体育祭的页面，高木旁边基本上都站着这个男生。两人远离热闹的中心，对着相机镜头摆出无聊的神情。

“你有这个人的联系方式吗？”

立井觉得找这个人至少比找高木容易。他在学生介绍的页面寻找这名男生的名字。

男生名为峰壮一。

就算过了晚上十点，国道旁的一家餐厅依然是一派热闹景象。

客人以年轻人为主，从学生到成年人都有，大家谈笑甚欢。客人们似乎有着共识——无所忌惮地大声欢笑也无妨，有些人甚至拍手大笑，但店员对此十分宽容。从客人泛红的脸来看，这家店也提供酒水。立井想起停在家庭餐厅停车场的自行车，不难想象他们回程时是醉酒骑车的状态。

峰壮一只有二十三岁，年纪轻轻就当上了这里的店长。

“实际上就是全国连锁店的员工，是个担责和打杂的职务，管理职位只是徒有虚名。”

他的那位同班同学是如此解释的。

立井向家庭餐厅的店员打过招呼，然后被领到了吸烟的座位。等候了一会儿后，一个身穿餐厅制服的男子便向他走来。和初中时相比一点儿都没变，依旧是眼神凶狠的小个子男生。这个人就是峰壮一。

“你就是立井吗？”

峰毫不掩饰地皱了皱眉。

“初中时的家伙突然联系我，跟我说有人在找认识高木健介的人，让我和他见一面。你招呼也不打一声就跑过来，我也很为难啊！”

“对不起，不过我也是情非得已。”

“那是你自己的问题。”

峰在立井的对面坐下后，便按响了点餐用的按钮。招呼打工的女生过来后，便吩咐她端来两杯咖啡。

“听说你是侦探，是真的吗？我可不想说一些对高木不利的线索。”

立井用早已准备好的谎言回答——

高木健介快结婚了，但是对方是某大企业社长的女儿，所以高木健介的父母怀疑是结婚诈骗。于是，他们请了侦探事务所针对高木健介的身边人进行调查，自己就是负责调查的侦探。

峰听立井一口气说完后，向他投去锐利的目光。

“高木要和什么人结婚？”

“您把高木的事情告诉我之后，我再跟您说。”

峰“呵”了一声，舔了舔嘴唇，从胸前口袋取出香烟，点着。

对方似乎不相信立井的话，只见他吐着烟陷入了沉思。

咖啡送过来时，峰终于开口说道：“好吧，不过详情我不能告诉你。”

立井“嗯”了一声，他认为峰才是高木独一无二的朋友。

“不是你想象的那种关系。”

峰抖落烟灰。

“那家伙根本没有朋友。我对他来说不过是陌生人，可非要我说的话，我想想啊……”

峰自嘲般咧了咧嘴角。

“你——听说过无户籍儿童吗？”

“无户籍？”

“就是字面上的意思，没有户籍的儿童。”

立井无法马上消化他的话。

——这种事情可能吗？

立井整个人僵住了，峰没好气儿地说：“父母没有提交出生证明，所以就没有户籍。就是这么回事。”

“不过没有户籍很麻烦吧，上不了小学，也去不了医院。会有不提交孩子出生证明的父母吗？”

“有，我的父母就是这样。”

峰用拇指弹了弹自己的衣襟。

“是有什么原因吗？”

峰露出冷酷的笑容后开始了解释。据说无户籍也有很多种情况——有一种情况是因为母亲本来就没有户籍，因此无法提交出生证明；另一种情况是父母是没有留日资格的外国人，无法前往市政府。过去也曾经出现过妇科医生不给无力支付生育费用的孕妇出具生产证明的事例。

“我听说跟三百天规定有关的事例最多。”

这句话在立井听来很陌生。

峰得意扬扬地解释道：“孩子在父母离婚成立后出生的情况下，如果他在离婚后的三百天内出生，那么其户籍上的父亲就推定为前夫。

这个规定是为了不混淆孩子的生父而制定的。”

立井用力地点了点头。

光是通过他的话来判断，这条法律似乎是为了保障婴儿的利益，因为父母离婚之后孩子也依然有父亲。

“这和高木有什么关系呢？”

“你先听我说完吧。这事说来话长。我的父亲是一个惯常家暴的混蛋。他每次吵架都会到处挥舞菜刀。我母亲逃走找别的男人，并申请了协议离婚，可就在这期间怀上了我。”

在这种情况下，就算离婚后才生下孩子，户籍上的父亲依然是她的前夫。

立井问孩子出生证明父亲一栏是否能修改，峰的回答是需要向法院申请。

“不过大多数情况下都要在前夫的帮助下进行。我母亲觉得那样很危险，为了保护我不受那混蛋的骚扰，不向市政府提交出生证明是最好的选择。”

因此，峰就成了无户籍儿童。

真令人难以置信。只是凭借离婚的日期来判断父亲是谁，这个时代性的错误未免太严重了。

“现在明明可以靠DNA来鉴定父亲是谁。为什么不去修改法律呢？”

立井愤愤不平地嘀咕着。

“因为这个世界对我们都没兴趣。”峰自暴自弃地说道。

立井对这句仿佛看破红尘的话语似乎有印象。

“所以，我在九岁时才拿到户籍。我还记得第一次上小学那天，小学对我来说就是‘能去的人才去的地方’。当知道上小学是再正常不过的事情时，我还吓了一跳。不过最让我惊讶的还是名字。”

“名字？”

“直到九岁为止，我都以为自己的真名就是‘小壮’。很可笑对吧？就算别人喊‘壮一’，我也没反应过来是在叫我。”

直到那天为止，峰都没有写自己名字的机会。

对于不能上幼儿园也不能上小学的他而言，这也许是正常的，因为他的真名不被法律认可。

峰上学的那一刻，第一次察觉到自己是个异类。自己的名字、学校的规矩、削铅笔的方法、拧毛巾的方法，教室里只有他不知道这些。身边的人都喊他“壮一”，但在他的认知里，自己的名字依然是“小壮”。

不知道峰是不是变得焦躁起来，他又点了一支烟。

在着迷地听着峰的讲述时，立井突然想起自己来这里的初衷：他最想知道的是有关高木的线索。

“然后，你和高木……”

“铺垫说太多了。那时候，我很自然地就被同学们孤立了，当时来找我搭话的就是高木。午休时，我躲在攀爬架下哭，不知不觉间那家伙就来到我身边，然后我跟他坦白了我的不安，跟他说我好像变成了一个异类。他就跟我说，‘你的灵魂一直在这里’。”

立井睁大了眼睛，这句话他也听到过。

“灵魂吗……”

“我那时候还是小屁孩儿，不知道这话是什么意思，但总感觉被拯救了。我的灵魂从很久以前就在这里，所以他不会因为称呼而改变。从那天起，我开始对高木感兴趣，一直天真地希望能成为高木的好朋友。或者说，我坚信高木一定也想和我交朋友，才会来找我搭话。”

“不是这样吗？”

“不是。我在小学和初中都一直在高木身边，不过到最后还是没见过他笑。我只去过高木家一次，但马上就被他赶走了。我单方面邀请他玩儿也都被拒绝了。等我反应过来，高木已经在这座城市消失了。”峰无可奈何地说道。

“真的是陌生人啊……”

立井直率地表达感想，峰便嘟起嘴巴。

“你好烦啊！”

虽然看着有点儿不耐烦，但比起立井刚看到他的时候，表情已经柔和了不少。

“不过关于高木……因为我的经历，我也能看出点儿端倪。”

“是什么呢？”

“估计——高木也是无户籍儿童。”

刚刚的铺垫原来是承接这里。

立井下意识地身体前倾。

“你为什么会这么想呢？能告诉我吗？”

于是，峰便开始解释——

他在上小学时曾经到处打听高木的往事。结果，根据同年级的同学所说，高木健介也是在某一天突然出现在学校的。他并不是转校生，也没有拒绝上学的记录，高木的座位是学校突然准备的。当时的高木健介显得格格不入。他频繁地逃出教室，并不理解学校是什么地方。

“有一次我直接问了高木，但那家伙既没有肯定，也没有否定。”峰得意扬扬地说。

高木健介是无户籍儿童这一假设是有根据的。实际上，高木健介的家庭很复杂。他主动跟峰搭话，也是因为想以“过来人”的身份提供建议——这个做法很符合高木的风格。

过去高木曾经说过——“世界对我们都没兴趣。”

他的这种真实感受是源于自己作为无户籍儿童的经历吗?

“我能说的已经说完了。”峰深吸了一口烟，身体离开桌子，向后靠在沙发上。

“接下来，轮到你说了。”

“欸？”

“什么‘欸’啊，高木现在怎么了？他要结婚是假的吧？”

立井再次窥探峰的脸色。他总是皱着眉头，并不是因为心情不好，而是自身的习惯。因为他并没有把冒昧上门的立井晾在一边，而是抽出时间陪他说话。

由于顾虑自身情况，他无法把一切都告诉立井，但他应该是一个值得信任的对象。

“高木现在是大学生，我是他的室友。他失踪了。”

“失踪？”

峰显得十分诧异。

“对。可有些事情不能对警察说。”

立井省略了互换身份证以及高木健介的杀人涉嫌，直接跟对方说现在联系不上高木。虽然撒谎让他觉得心有愧疚，但他还是把被警察怀疑的事情彻彻底底地藏了起来。

峰一直沉默地听着，然后手臂交叉地说道：“失踪……”

“峰，你有头绪吗？”

“没有。我已经说过很多次了，我对他来说就是个陌生人。据我所知，高木既没有朋友也没有恋人。”

“我见过的所有人都跟我说了同一番话。”

立井呼了一口气，抬头仰望餐厅的天花板。注意力涣散之后，隔壁桌那让人厌恶的声音便刺激着他的鼓膜。年轻人们正兴高采烈地说着不堪入耳的话。这种轻松的场面反而让立井感觉讨厌。

我现在可是有杀人嫌疑啊！

峰露出洁白的牙齿，像是在嘲笑立井的天真。

“算了吧，要找出那家伙的下落，从一开始就不可能。真遗憾。”

在高木失踪后，峰似乎也调查过他的行踪。

“不过我很久没跟别人说起往事了，还挺开心的。我送你到车站吧。”

峰一边转着套在手指上的车钥匙，一边说。

在去往车站的路上，峰说了高木上初中时的往事，就像是在说自己的事情似的，他露出骄傲的表情。高木从入学起就成绩优异、表现突出。女生们对他的评价也很好，但因为他那生人勿近的气场，没有人敢直接向他告白，峰经常被拜托当牵线人。高木最讨厌和别人一起吃饭，所以总是很厌恶吃饭的那段时间。高木不再上学之后，老师们就把峰叫去询问情况。

听到他这么说，不知怎的，立井觉得很安心。

高木身边有好好看着他的人啊！

他被亲生母亲抛弃，养父也对他采取放养态度。也许他身边的人很有限，但依然有人关心他。

“最后还是没有人告诉我，高木不上学的那段时间在干什么。”峰握紧方向盘，心有不甘地说道。

“他那时，一定是在做离家出走的准备。”立井向他讲述自己的推理，“他的养父告诉我了。”

“你和那个混蛋也见面了？嗯，应该是那样吧。”

峰似乎也认识高木哲也。立井眉头紧锁，也许是回忆起高木哲也对儿子的情况避而不谈了吧。

到达车站后，峰在接送车道让立井下车。立井再次鞠了个躬，峰打开副驾驶位一侧的车窗，露出温和的表情。

“你很遗憾吧？最有可能知道线索的人是我，却也得不到什么有用的信息。”

“你说的没错。我想知道高木现在在哪里，但连你也不知道。”

“不好意思啊！”

峰道了歉之后，从放在后座上的包里拿出一个小箱子递给立井。立井看了看，上面印着峰工作的餐厅的标志。

“这是打算今天丢掉的切块水果。”

立井想再次向他道谢，不过想说的话被他挡了回去。

“不过立井啊，听你说完后，我觉得你不知道高木在哪里才最离奇。”

“为什么这么说？”

“要追踪高木的下落，你手里的线索才是最多的吧？他失踪前，你们都住在同一个房子里面吧？”

立井想把一切告诉他，然后跟他说自己没有线索，但还是忍住了。

他从峰的目光里感到压力。

真是一个意味深长的提问，听起来既像是责备又像是建议。

在立井猜测他的意图时，他的视线从立井身上挪开了。

“我说得太过分了。不过据我所知，没人能拯救那家伙，也没人曾经救过他。要是那家伙有麻烦，你应该去救他吧。”

副驾驶位一侧的车窗关上后，峰便头也不回地开车走了。他的车在深夜的街道上前进，在十字路口处拐了个弯不久便消失在立井的视野里。

——没人能拯救高木健介……

这句话残留在立井耳际。

那天晚上，立井在廉价的商务酒店过夜。

他脱掉鞋子后，便呈大字形躺倒在床上。听到弹簧吱吱呀呀的响声后，他切身体会到酒店果然和自己家不一样。

车站前有二十四小时营业的快餐店和网咖。在打工的时候立井经常去那边。很久没住那边了，住一晚也不错——虽然他一开始这样想过，但最后还是改变主意了。他回想起因艰苦的生活导致腰部受伤的事实，现在屈膝睡觉都会给腰部增加负担。

立井再次感受到舒展双腿睡觉有多舒适。

出示高木健介的学生证后，还能享受学生优惠。这应该也触犯了诈骗罪，不过实际在上大学的人就是立井。

“高木被逮捕之后，这种生活也会结束吧。”

立井看着酒店的天花板自言自语。

要是不能再用高木的名字，他又要回到那种糟糕的日子。腰伤基本治好了，自己也受了一定的教育，甚至能得到毕业证书。情况比之前有好转，但必须找房子和找工作。在这期间，腰可能又会受伤。以上也只是在他不被逮捕的前提下做出的乐观猜测。

高木健介和立井润贵是命运共同体。

他们互为一体，各自是对方的分身。

立井已经下定决心。就算现在哀求警察，也不一定能够无罪释放。

不过立井对高木健介的行踪没有一点儿头绪。高木健介这个人谜团重重，连和他最要好的峰壮一也基本不知道他的事情。

立井手里掌握的只有高木健介可能是“无户籍儿童”这个线索。

立井突然灵机一动，取出手机，打开了电子书的程序。潮海晴的小说以电子书的形式公开发表了。

在潮海晴的出道作品中有这么一段话——

“儿童时代，从家里的窗向外看会看到很多双肩背书包，我会给它们取名字。书包伤痕的形状很有趣——红色小岛、杯面的盖子、猫爪、水煮蛋。不过，它们还会经历什么风霜，这个过程我无法见证。”

小说到最后也没有明确揭示主人公的境遇。从描述来看，他是一个没有去上学的孩子，现在重新阅读后，立井觉得主人公也许是一名无户籍儿童。如果只是不愿意上学，那孩子应该会有属于自己的书包。要是由立井来写这个题材的小说，他想加入窗外那有伤痕的书包和自己的崭新书包的对比描述。

当立井躺在床上盯着手机时，屏幕亮起了一条信息。

是高木吗？他瞬间雀跃。

然而，信息发送者是个陌生人，名字显示是“某人”。

取这个名字的人也太没品位了吧，立井笑了笑。

他估计这是条可疑的交友信息，然后点开了。

“不要去追踪过去。要是追踪，就会被杀人魔杀掉。”

上面写了这句话。

他感觉背脊发凉——

心脏好像被揪紧一般，感觉毛骨悚然。

他坐起身，盯着手机屏幕。

“杀人魔？”

这信息是偶然碰到的吗？

他想了想，便马上摇头。这条信息是在追踪高木下落时发来的，所以一定是针对自己的。

不过这到底是谁发的？目的又是什么？

虽然很有可能是恶作剧，但是无论怎么看这都是一条令人毛骨悚然的信息。

“让我不要追踪，我根本没有追踪的办法啊……”

立井把手机放在枕边。不对，就是因为有办法对方才这样说吧。

他重新翻看笔记本。虽然那威胁的话让人不寒而栗，但这种抽象的警告不足以让他放弃调查。

他泡了一杯酒店备好的速溶咖啡，坐在桌子上，然后把脚放在椅子上。深呼吸后，他再次研究高木的养父和同学告诉自己的线索。

“咦？”

他察觉到了什么。虽然在谈话时没有注意，但经过一番线索整理时却渐渐清晰。

“时间顺序很奇怪。”

立井握着圆珠笔开始画图表。

“十一岁时父亲在火灾中丧生，然后被养父收养。但是高木和峰是在小学时认识的，当时他九岁……”

立井停下了手中的笔。

“那高木是什么时候拿到户籍的呢？”

如果高木上了小学，那他是在九岁的时候拿到户籍的。在那之后，他的父亲去世了，于是就被高木家收养了吗？不对，归根究底火灾是在什么时候发生的呢？

“健介当时该不会也在火灾现场吧？”

“没错，他当时正好在火灾现场。”

立井的脑海里浮现出提及火灾时，有一瞬间高木哲也流露出了犹豫的神情。

他觉得高木遭遇的那场火灾有点儿不寻常。

第二天早上，立井前往市政府领取高木健介的户籍节录本。

和在现住址的市政府领取的居民卡不一样，户籍节录本能在原户籍所在的市政府领取，因此立井马上就确认了高木的户籍。

高木的出生日期和提交出生证明的日期差了七年。

高木果然是无户籍儿童。

在他七岁的时候，总算拿到了户籍。

立井还得知高木出生时，他父母的名字是“田边裕”还有“田边清美”。

之后，他去了图书馆，用搜索新闻报道的查询功能进行查询，所设定的关键词是高木亲生父母的名字。用“田边清美”搜不出任何结果，但输入“田边裕”进行搜索后，有一起案件和高木的情况吻合。

那是一则刊登在地区报纸上的新闻。

火灾发生在十五年前。

十一月八日，某公寓的一个房间发生火灾，房间的一半被烧毁了。高木健介的亲生父亲在火灾中丧生，死者只有田边裕一人。他在昏迷状态下被送到医院后不治身亡，死因是一氧化碳中毒。火灾发生的时候有一个儿童和田边裕待在同一个房间，但他被顺利救了出来。报道说火灾发生的原因仍在调查中。

真让人意外，这起事件的历史比立井想象的还要久远。

火灾发生之后的四年里，高木健介都和亲生母亲住在一起。

“健介的父亲因为火灾去世了，他母亲没有办法独自抚养他，于是儿童福利机构就联系了我。”

但是高木哲也并没有针对时间顺序进行清晰的说明。从他的话判断，他是在火灾发生之后便收养了高木健介。

为什么他没有把火灾发生的年份告诉自己呢?

是自己多虑了吗?抑或是高木哲也隐瞒了什么?

立井再次看了看户籍节录本,察觉到那个事实时,他感到十分震惊,而且揪心。

高木健介拿到户籍的日子，是他父亲在火灾中丧生仅仅五天之后。

起火的建筑物位于离高木老家不远的住宅区，是一座眼看就要倒塌的木结构公寓。外墙连油漆都没有涂，黑色的木纹裸露在外，像是要被从隔壁公寓院子里长出的橡树树枝压垮一般。墙壁表面有收集雨水用的水管，但已经出现龟裂，渗出今天早上的雨水。公寓的正面有一座三层住宅，阳光被红色的三角形屋顶挡住了。

立井在公寓前拨打峰的电话，对方现在应该在休息，电话马上接通了。

“我现在在你跟我说的高木家那里。”

“哦，很破吧？”

对此，立井给予肯定的回答。在他面前的是高木九岁时住过的公寓，在被收养之前，高木就住在这怎么也称不上别致的房子里。

“虽然我没有进去过……高木说因为他和母亲关系不好，所以不让我进去。”

从房子的外观就能想象里面的样子，立井想起潮海晴的小说——第一部作品中的一个片段：

母亲害怕丢东西，整个房间都堆满了物品。有一次性筷子和塑料便当盒、杯面容器，还有蒸煮袋的残骸。母亲教给我的第一件事就是不穿鞋子走在地板上很危险。

每隔两天就有人来敲门。敲门声伴随着咒骂声和咂嘴声。我撕破放咖喱的空箱子制作模型机器人，装作毫不在意。

这时，立井的身后传来嬉笑声，是一群背着双肩背包的少男少女。其中一个挥动雨伞的少男被少女教训，他那深蓝色的背包上的扣子没有扣上，随着身体的晃动，背包里的东西几乎要散落一地。

立井再次看向公寓，被烟熏得发黑的窗户映入眼帘。

“峰，关于无户籍儿童，能再跟我解释一遍吗？”

“什么？”

“无户籍儿童多数是因为丈夫家暴或者离家出走，导致母亲无法提交出生证明，对吧？”

峰不假思索地提出忠告：“对。不过高木不一定就是这样吧？”

不对——高木也一样。

立井在内心否定峰的答案。

高木健介之所以成为无户籍儿童，原因应该就是他父亲。他的户籍是在父亲葬身火海后立马拿到的……问题解决后，他拿到了户籍，这个推测合乎常理。

倘若推断正确，那就奇怪了，因为这里出现了一个不应该出现的矛盾——

“你当时的情况……”

立井咽了咽口水。

“在没有户籍的时候，你有和自己的亲生父亲见面吗？”

“怎么可能见他啊！”峰气愤地否定道。

答案不言自明。

不提交出生证明的目的本来就是要和亲生父亲断绝来往。要是能正常地和亲生父亲见面，两人关系良好，根本就不会成为无户籍儿童。

矛盾出现了——

高木健介不可能被卷进火灾中。

要是高木健介从父亲身边逃离，那就不可能待在父亲家里。他应该和母亲一起躲在这个破旧的房子里。而高木哲也也证明了当时高木健介没有和父亲同住。

然而，高木健介还是和父亲见面了。

因为那天那场火灾，一度阻碍他的生活的父亲去世了，不久后他拿到了户籍。

“怎么了？”

峰忧心忡忡地问：“你的声音从刚才开始就在发抖？”

立井没有回答他的问题，而是走近眼前的公寓。

所有信箱都塞满了信件。立井轻轻用手一碰，就看到了电费和水费的催缴通知，还有催促还款的信件。所有住户的信件几乎都在里面。换句话说，这里是集体住宅。

从父亲的家暴中逃出生天的母子二人，生活一定很窘迫。

立井自己也有过相同的体验。在没有和户主切断关系期间，根据制度规定，申请生活保障金也成问题。

在这种生活环境里，高木健介到底下定了怎样的决心。

他一定在思考，要怎么做才能和亲生父亲断绝关系。

“一次就好，请帮我庆祝生日。”

大概和潮海晴笔下的主人公一样，高木健介来到了亲生父亲家里。他紧握着皱巴巴的五千日元，来到了沉溺在酒精中的神情颓丧的中年人身边。

为孩子庆祝生日时，必不可少的就是插满蜡烛的生日蛋糕。

面对握着钱出现在自己面前并声称是自己儿子的小男孩儿，男人并没有面露凶相。素未谋面的儿子远道来看望自己，也许他内心是欢迎的。男人买了蛋糕，用火柴点燃蜡烛，喝完酒后便睡着了。确认他陷入昏睡状态后，高木健介便静悄悄地用火柴点起了火……

“不对，这一切只是我的想象……”立井无力地小声说道。

火灾发生时，高木健介七岁，不管怎么说这年龄都太小了。

立井的脑海被谜团占据。高木和父亲不同住，他到父亲家那天正好发生了火灾，父亲葬身火海，高木拿到了户籍。对于这个事实，立井只能进行猜测，他手里没有任何证据，但是——

立井跟峰说了几句模棱两可的话后，便挂了电话。

他以手掩面，开始思考。

也许高木健介是为了得到户籍才杀了亲生父亲。

高木哲也的想法大概也和立井一样。

“因为他是一个令人感觉毛骨悚然的孩子。”

他这样形容高木健介，并刻意避免和他扯上关系的理由，就能说得通了。尽管他经历过种种不幸，但和涉嫌杀人的孩子待在同一个空间里，肯定会感到极度害怕。

高木的亲生母亲也有同样的想法，因此最后她把高木健介交给了亲戚。高木哲也虽然没有挑明其中原因，但暗示是因为高木让人感到“毛骨悚然”。

比起同班同学，也许他们对高木健介的了解更深。

“无人知晓的另一面吗？”

高木的杀人嫌疑突然加深。至少在现在的线索看来，立井不能昂首挺胸地说“高木不可能杀人”这句话了。

不过调查仍须继续。

“我一定要去一趟。”

立井自言自语，接着离开了公寓。他已经想好接下来要调查什么了。

高木的母亲从他父亲身边逃走，她没有提交高木健介的出生证明，因此高木便成了无户籍儿童。父亲去世后，他拿到了户籍并上了小学。高木十一岁时和母亲分开，被高木哲也收养。

这样的内容和《翅膀生锈的孩子们》十分相似。

包括没有父亲的遭遇，在狭窄的公寓里和母亲共同生活的日子，被身边人害怕、疏远的境况，还有最后和母亲分开的结局。

在这座城市里打听到的内容和小说里的描写有太多重合的部分。高木并不只是以故乡作为小说的背景，就连主人公的境遇、主人公采取的行动，这一切都是以他自己的人生为蓝本。

既然如此，接下来要考虑的就只有一点：在第二部作品《向无意义的夜晚旅行》里登场的少女，第三部作品《木桩》的女主人公。

在以上这两部作品中出现的少女有许多共通点——纯洁、意志薄弱、短头发，依赖主人公。在第三部作品的初稿阶段，立井曾经提出过许多变更方案，但是高木绝不让步。为什么高木对那位女主人公如此执着呢？

答案显而易见。因为对高木来说，那位女主人公即便到了现在依然是无可替代的存在。

潮海晴——也就是高木健介，他的小说中的女主人公一定是有原型的。

第四章

“你的热情从何而来？”

大概是在分身生活开始一年后，立井向高木提出了这个问题。

高木正在厨房。他从冰箱里取出意面，放在耐热容器里，再把容器放进微波炉后按下按钮。

挂在屋里的时钟指针指向晚上十点，接下来总算是晚饭时间了。

从立井傍晚回家到现在这段时间里，高木一直把自己关在房间里，没有休息。他的眼睛充血，微微泛红。就算说客套话，他的气色也算不上好。

高木正忙着修改已经出版的作品。潮海晴的第二部作品《向无意义的夜晚旅行》之前以单行本的形式发售，这次即将发行文库版。高木丝毫不吝惜时间，尽力将感情融入一字一句中。

“你写小说的动机是什么？是怎么保持热情的？”

作为凡人的立井自然抱有疑问。

高木迟迟没有回答，而是一直将视线停留在立井身上。

“难道……”

“什么？”

“你也在写小说吗？”

瞬间就被他看穿了，立井本来还打算隐瞒。

立井挠了挠鼻头，强忍着难为情的表情。

“只是挑战了一下而已，完全不知道怎么写。”

“不错嘛，下次让我看看吧。”

高木的表情稍微放松下来，也许是在笑。

立井慌张地摆着手。

“不行不行，我感觉自己肯定写不完。”

“是中途觉得累了吗？”

“没错。所以我在想，如果有动机的话可能就不一样了吧。”

刚开始动笔时，他相信自己能创作出一部杰作。

在高木的影响下，立井养成了读书的习惯。他对高木的小说提出越来越多的意见，还有了收集能运用在小说里的题材的习惯。

来吧，就像潮海晴一样。

他如此想着，然而动笔后却发现一切不过是痴心妄想。花了一天时间，成果却只有三张A4纸，内容也缺乏新意。于是，刚刚燃起的热情逐渐熄灭。要是用这时间去打工就能挣到一万日元了，立井叹了一口气。

“我的动机啊……”高木盯着发出笨重声音的微波炉说道，“应该是钱吧。”

没想到是这么俗气的理由。

接着，高木还补充了一句：“至少一开始是这样。”

“那现在呢？”

“不是什么有趣的理由，根本不值一提。”

高木轻轻地挥了挥右手。

“但我想知道。”

立井在客厅里的椅子上坐下，双脚用力踩在地板上。

高木点着头，若有所思。他离开微波炉，走向冰箱取出蔬菜汁。

“虽然越说越像是谎话，但我不是在拼命挣扎。就算被忘记，我们的灵魂依然存在。所以我想控诉，我想呐喊。虽然现在的我还无能为力，但我想把能深刻地叩问人们良心的东西和能改变人们行动的激情融入作品里，向世人传达。我要告诉人们，我们就在这里。”

微波炉加热完毕的提示音伴随着他的话语响起。高木拿着耐热容器走进自己的房间，大概是一边吃饭，一边继续写作。立井没有再追问，免得给他的热情浇冷水。

当时，按照立井的理解，“我们”是一个抽象的指示代词。立井认为“我们”大概是指“我们这种年轻人”“我们这种小说家”“我们这种人”这样广义的概念。

后来，他回头一想，便察觉到自己的理解也许有偏差。

“我们”指的应该是高木和一名少女。

高木健介写小说，也许是为了叙述他和那位少女之间的往事。

…… ……

立井在手机铃声中惊醒。

注意到陌生的天花板后，他才想起自己昨晚在商务酒店留宿。他用手擦了擦脸，看着放在枕边的手机。

是陌生的电话号码，会是谁呢？

他正冥思苦想，铃声停止了，也没有未接来电的信息。

是高木吗——立井怀着期待的心情，在这五天里面，他已经不知失望了多少遍了。

他走向盥洗室。第二天住的酒店比前一天的稍微便宜，不过相对地设备也更差。

洗漱完毕后，他便用省下来的钱买了能量棒。在专心致志地啃着坚果时，他的头脑也逐渐开始运转。

刚刚来电的到底是什么人？

正当他打算上网搜索时，铃声又响了起来。

“你好？”这次立井接起了电话。

“你好，是高木先生吗？”

对方的声音低沉且威势逼人，立井觉得那声音好像有点儿熟悉，但一时想不起来。

他用手按住下颚回答道：“我是高木。”

“我是强行犯搜查科的——”

听到对方自报家门，立井就想起了那名中年警察的脸。他保持着站立姿势和对方通话。

“三天没联系了啊，高木先生，不好意思，我还有点儿事想问你，可以请你来警察局一趟吗？”

对方打电话时用的是敬语。立井冷静地深呼吸，尽量不让对方听到。

“您要在警察局问我什么事呢？”

“等您来了，我再解释。”

“不能提供我的不在场证明吗？”

“这方面也到警察局再说。”

“我明白了……”

警方应该是找到了新证据。立井咽了一下口水。这次可能真的难逃被捕的命运了。

立井发出无力的声音。

“哎……我正好在旅行，现在恐怕去不了……”

警察的声音变得尖锐：“旅行？在哪里？”

“去见以前的朋友，我早就计划好了。”

立井努力发出开朗的声音。要是对方误会他为了隐藏证据而争取时间就大事不妙了。

“是去收集小说素材吗？”

电话那头儿的警察低声问。对方似乎在擅自发挥着想象力。

“没错，就是这样。”立井顺着对方的话说，“您的老家是在神奈川，对吧？”

“是的。”

“那您是住在自己家吗？”

“不是，我今天住在商业旅馆。”

“以防万一，请您告诉我地址，好吗？”

立井跟他说了自己来此地后第一天和第二天的住址，他住店时出示了高木健介的身份证，所以在向对方所说的话里没有掺杂任何谎言。

“我想明天早上去警察局，这样可以吗？”

“好的，那我等着您。”

真奇怪。立井回答时已经隐隐约约感觉到他几乎被当成了嫌疑人，但对方却轻易答应了他的要求。

“我知道的上次都已经告诉你们了。”

“嗯，不过就算您自己没有察觉，一些意外的线索也可能会成为解决事件的切入口。”

立井摇摇头，在床上坐下。

对方应该不会轻易放过自己。

“您可以放松一点儿。抱歉，打扰您收集素材了。您不用在意我，继续好好玩儿吧。”

“嗯，我会的。”

“素材的内容是什么呀？”

“我想找回初心。”

这个事无巨细都要刨根问底的警察对付起来可真棘手。虽然立井明白自己必须装出一副良好公民的模样，但被如此追问还是渐渐变得烦躁。

“初心，真好啊……”警察发出佩服的声音，“这么说来，您接下来要去看望以前的女朋友吗？”

“这个问题我没有义务回答您。”

立井简单地回答后，就挂断了电话。

确认电话挂断后，他暗暗咒骂：“接下来要去看望以前的女朋友？

这个问题我也想问啊！”

与警察的通话结束后，立井就前往约定的地点。虽然警察的行为让他很在意，但也束手无策。

就算想消灭证据，但立井连高木是不是真的杀了人，以及他现在人在哪里，在干什么，都不知道。

立井接下来到访的小镇和高木的老家一样，都位于市内。这个地方更靠近码头，从电车下来后就能闻到一股海水的味道。正如贴在车站墙上的海报所示，这是一个工厂夜景爱好者都喜欢的地方。车站的墙上还贴着工厂的夜景照片，看上去就如同璀璨夺目的城市夜景一般。

立井在地图软件上查找，要去约定的地点只能采用走路的方式。因为身处陌生之地，对方指定了见面地点是帮了大忙，但道路崎岖，必须在细长的路上绕好几个弯才能到达。而且实际走过去之后才发现，布满郁郁葱葱杂木林的山路绵延不断。为了躲开海边的联合厂，立井还必须爬到山丘上。

他一边感受着和三月格格不入的和暖气候，一边在几乎要遮住道路的茂密山林中前行。他一边挪动脚步，一边回忆着迄今为止的经过。

在潮海晴的小说中登场的少女，被称为“女主人公”。

立井重新阅读潮海晴的第二部和第三部作品，寻找关于她的描述。然而无论读多少遍，依然得不到具体的线索。小说只描写了她和主人公之间的交流，关于她的人物背景描写却少得可怜。

她的言行举止很幼稚，所以年纪应该比高木小。小学和中学在同一栋教学楼，因此高木的解释很合理：学校很有可能在乡下。作品中没有对她父亲的描写，所以她可能是单亲家庭的孩子。她和高木一起离家出走——立井能推测到的只有这些内容。

"你对这个人有印象吗？"

他联系峰后，对方表示不知道。那少女和高木一定是在校外见面，抑或是在高木初中毕业后才认识的。

"女主人公"到底是什么人呢？

她和高木下落不明这个现状有关吗？

也许她才知道高木现在身在何处。

虽然立井现在满脑子疑问，但遗憾的是，还是不知道该如何展开调查。

于是，他决定赌一把。他给威胁者——那个向自己发来不明警告的人回了信息："我不打算终止调查。不如说，现在既然知道有人不希望我继续查下去，我就更加来劲了。要是你有什么不满，我们就当面说好了。"

他故意挑衅对方。他猜测对方既然使出发威胁信这一招，也许是个单纯的家伙。

最后，他收到了对方的回复："你明天到指定地点来。"

虽然嗅到了危险的气息，但立井别无他法，只好满口答应。

当立井沉浸在回忆事情经过时，四周的树木已经消失。他到达了山丘之上。这里是一个视野开阔的地方，地面突然变成了铺设完善的混凝土，看样子是一个停车场。

停车场的一角矗立着在绘本中见过的西洋风格的尖塔，这里似乎是一个观景台。

立井转过身，碧蓝广阔的大海和鳞次栉比的厂房尽收眼底。原来张贴在车站墙壁上的照片是在这里拍摄的。

他刚好赶上了约定的时间，但依然不见对方的身影。

果然是恶作剧吗？

之后，立井等了二十分钟左右，却没有任何人出现，给对方发信息也没有回复。

虽然他抱着半分期待半分怀疑前来，但是这结果还是让他感到灰心丧气。

如此一来，线索就全部断了。

他沿山路走下去，思考着接下来的行动。来时那条常绿树木枝繁叶茂的细长山路视野很差，就算是白天也有点儿昏暗。大概因为现在是工作日，行人只有立井一人。

当他走到一半的时候，从树木的阴影里猝不及防地冲出一个人。

立井来不及反应。对方抱住他的脖子，把他拉向路旁。就算立井的双脚拼命抓地，但杂草丛生的道路上冒着湿气，鞋子直打滑。等他反应过来想高声求救时，他已经被对方彻底拉进了路旁树丛，被美工刀抵着脖子了。

“不要去找高木健介。听懂了吗？”

说话人是一个男生。立井抬头看了看，对方戴着口罩。那口罩虽然遮住了半张脸，但仍可以看出来对方似乎很年轻，比立井矮一个头。看来是一个不习惯使用暴力的人。

当察觉到对方不会马上把美工刀刺向自己后，立井恢复了平静。

“发恐吓信给我的人是你吗？”

男生沉默不语。

立井再次问道：“你认识高木吗？”

“闭嘴。”

男生手里的美工刀向立井的喉咙抵得更近。

“那最后一个问题。”

立井的视线投向山路。

“那边那个人是你的同伴吗？”

“什么？”

大概以为有目击者，男生愣了一下。

立井瞄准这个时机，双手抓住他握着美工刀的手，在按住对方的手的同时用脚将他扫倒。立井使出的是半吊子的摔跤招数，跟不标准的过肩摔差不多，但要绊倒这个男生已经绰绰有余了。

男生被撂倒在地，在摔倒之际也松开了美工刀。

立井马上收起了美工刀，然后仔细辨认袭击者的容貌。他首先注意到对方那张还带着稚气的脸庞和寸头，然后看到他穿着一身黑色运动服——似乎是廉价的衣物。

真让人感到意外。

眼前的人无论怎么看都还是未成年人。

少年名为蓑岛真司，是一个初中三年级学生。

立井威胁说要把他交给警察，借此让他交出学生证并把他带到了车站附近。立井问他附近有没有能坐下谈话的地方，对方便指向超市：超市前摆放着椅子，似乎是用餐区域。虽然这个地方和当前紧张的气氛并不协调，但车站附近也没有更适合的地方了。

立井在超市里买了两瓶饮料，然后二人在用餐区坐下。

蓑岛一改之前那盛气凌人的模样，蜷缩着身子，俨然被老师责备的孩子一般，顺从地听从立井的指示。

因为他拜托立井不要告诉学校，立井便回答要是他老实招供，自己不会报警。

听到“报警”二字，蓑岛突然脸色发青。

“别人给钱让我这么做的。”他惊慌失措地说，“我什么都不知道。”

“谁给你的钱？”

“是同班同学。”

立井露出疑惑的表情。

蓑岛察觉到立井的困惑后，低着头小声嘀咕道：“我是有名的小偷。”

蓑岛的家庭并不富裕。周围的同学在他初中入学时对他是小偷这一点早有耳闻，自从被抓了现行后，他的事情就更是在学校里传开了——蓑岛是偷窃惯犯。

“所以大家都认为只要给我钱，我就不会拒绝。”

“实际上也的确如此吧？”

听到立井的挖苦后，他不甘心地握紧拳头。

立井觉得自己在欺负弱者，于是改变了话题，问他事情办成后报酬是多少。

蓑岛再次软弱无力地回答道：“五千日元。”

这个金额低得让立井怀疑自己听错了，不过对蓑岛来说也许是一笔巨款。

“好吧，那我请你吃东西，五千日元以内随便选，吃完以后你带我去找你的雇主。”

虽然有点儿囊中羞涩，但立井还是以这是必要经费为由说服了自己。蓑岛双眼发光地反问道：“真的吗？”

“只能在十五分钟内挑选……”

立井再次说道。

话音刚落，蓑岛便冲向食品卖场，旁若无人地将商品塞进购物篮。

看到他把四个便当塞进购物篮后，立井建议他买些保质期更长的东西，然而蓑岛害羞地笑着说他还有一个弟弟。他弟弟在别的初中上学，现在出门参加学校活动了。结账金额超过了六千日元，但立井还是默不作声地付了钱。

两人各自抱着一个大购物袋，朝观景台走去。他们再次走上山路，来到了位于山丘上的尖塔。

来到尖塔后，立井才发现这个地方很适合谈话。这里摆放着供眺望景色用的长椅，而且位于背光处，也不用担心对话被第三者听到。

怡人的海风从海面上吹来。

一名少女坐在长椅上，天真烂漫的脸上挂着一双气势逼人的吊梢眼，样貌平平。然而一身灰色连帽衫和黑色裤子的不起眼打扮让人印象深刻。

蓑岛告诉立井，少女名叫伊佐木志野。

她看到站在立井背后的蓑岛后，睁大眼睛问道："你怎么把他带来了呢？"

"抱歉啊！"

蓑岛双手合十表示歉意。立井挥了挥手，示意他可以回去了。蓑岛再次向伊佐木道歉后就双手抱着购物袋离开了。

现在只剩下伊佐木和立井两人，立井站在伊佐木面前。

"没想到像你这样的女孩子会'买凶伤人'啊！威胁信息也是你发的吗？这到底是怎么回事？"

立井下意识地用了质问口吻。

"有人让我这么做的。"伊佐木缩着肩膀说，低下了头，"是真衣的男朋友。"

"你也是被指使的吗？到底是谁让你这么做的？"

"我不是说了吗？是真衣的男朋友。我是真衣的好朋友。"

看来要从这孩子身上问出详情要花挺长时间，立井挠了挠脸颊。

立井花了一点儿时间，从伊佐木口中问出其他关于真衣男朋友的详细信息——对方个子很高，眼神冷酷，面无表情，看起来是个理智的人。

听到一半，立井感觉如同当头棒喝般震惊。

“他的名字该不会是高木健介吧？”

伊佐木不确定地点点头：“对方好像是姓高木。”

这完全出乎立井的意料。没想到高木居然让自己停止调查，而且不是直接跟他说，而是通过一名少女。

“为什么？”

“不知道，我也是前天才收到短信，短信内容是‘帮我警告一个男生，让他停止调查’。”

立井详细询问后得知有人突然给伊佐木发短信。伊佐木当然也觉得可疑，但对方称自己是她的好朋友吉田真衣的男朋友，并给她寄了一万日元的礼物卡，所以她就同意了。

对方没有详细说明，但是从字里行间能看出他现在深陷绝境，伊佐木看在好朋友的分上接受了对方的请求。当立井回复“不会终止调查”表明态度后，她就雇了同班同学充当杀手。

听到这一切后，立井瞪了她一眼。

“以防万一，我还想问一下，用美工刀刺我是高木的指示吗？”

伊佐木眼神游移，有点儿不好意思地否定了。

看来她是轻率行事的人。高木应该也没想到她会如此忠诚地执行任务吧！

立井接过伊佐木的手机，看着文字陷入沉思。

高木没有直接跟立井说，而是通过伊佐木告诫自己，应该是在提醒自己提防警察吧。高木应该不知道立井一直向警察隐瞒。

那他是在怀疑自己吗?

正当立井感到些许失望时，伊佐木站起身来。

“嗯……我知道的已经告诉你了，所以先失陪了。总之，真衣的男朋友好像是希望你不要再调查下去了。”

立井慌张地阻止她。

“慢着，先等一下。我还有事情想问你。”

“请你放过我吧。威胁你是我不对,但是这事情本来就跟我没关系。”

立井无言以对。伊佐木说的没错，她只是一个传话人，也没有义务再被牵涉进立井和高木的问题之中。

伊佐木向立井鞠了个躬,然后转过身去,逃也似地快步离开观景台,鞋子敲击楼梯的声音空虚地回荡着。

不过，不能让她就这么走了。

立井花了几秒整理思绪，然后从观景台探出身子，对下面的伊佐木说道:“你知道吉田真衣现在在哪里吗？”

伊佐木停下脚步，呆呆地回过头来。

看了她的反应，立井知道自己的推测没错，便连续发问:“伊佐木，你在找吉田真衣对吧？所以才会为了她采取行动，我说得没错吧？”

真衣——立井不知道这个人是谁，不过从伊佐木说话的口吻推断，她肯定是和高木关系密切的人，也许就是小说里的“女主人公”。如果吉田真衣就是那个女主人公，她应该已经离家出走，和高木一起从这座城市中消失了。

伊佐木开口问道:“你知道真衣现在在哪里吗？”

看来立井的推理正确，伊佐木的好朋友——吉田真衣就是“女主人公”。

“我在追寻高木的下落。吉田真衣和高木关系很密切吧？要是我找到高木，就把吉田真衣的下落告诉你。怎么样？”

立井高声呐喊，音量盖过了海风的声音。伊佐木紧抿着嘴唇，沉默了一会儿。她反复眨着眼睛，像是在苦苦思索。最后，她抬起头再次登上观景台，然后说道：“好吧。”

伊佐木走到观景台一角，眺望景色。紧挨着的白色厂房看上去仿佛是巨大的攀爬架，远处则是一望无际的深蓝色大海。

立井站在她身旁，拜托她让自己看看吉田真衣的照片。伊佐木爽快地找出手机上的照片让他看。这是一张伊佐木和另一名少女在小学的校门前方比剪刀手的照片。和潮海晴的小说描述如出一辙，女生留着一头短发，磕掉了一小块门牙，看上去稚气未脱。果然没错，吉田真衣就是那个“女主人公”。

立井把手机递回去后，伊佐木便开口说道：“我和真衣是在儿童之家长大的。自有记忆以来，我就住在儿童之家了，但真衣是小学五年级时才来的，我和她是在那里认识的。”

儿童之家指的应该是儿童福利机构。在伊佐木他们生活的福利机构里有一个不成文的规定：孩子们都会避开“机构”这个词，而是称之为“儿童之家”。

吉田真衣在搬进儿童之家前患了重病，有点儿与世隔绝，所以同年级的伊佐木便负责照顾她。因为吉田真衣几乎不能外出，所以不管她看到什么事物反应都很大。她的举动也强烈地引起了伊佐木的兴趣。一开始，伊佐木还因为被安排了个苦差事而感到难过，但在不知不觉间就和她成了好朋友。

“对了，她患的是什么病？好像病得挺严重。”

“不知道……”

伊佐木的回答有点儿含糊。

“至少她在我面前没有表现出患病的样子。应该是治好了吧，她也没有具体跟我说。”

一出生就要在家休养，但随着年龄增长会自然治好的病。

立井能想到的只有哮喘，但是会完全不留下后遗症吗？

不过这种事情也只有专业人士才知道，于是立井放弃了深究，催促伊佐木继续往下说。

伊佐木再次开口叙述——

她和吉田真衣的友情坚固无比，但两人吵过一次架。吉田真衣跟一个男生关系很好。

“她好像经常跟一个帅哥外出。似乎在她病着的时候，这个男孩一直在支持她。不过说实话，我觉得这个人信不过。”

伊佐木略有顾忌地把理由告诉了立井——“因为真衣并不擅长跟男孩子交流，不爱说话甚至到了异常吓人的地步……”

虽然伊佐木对那个男生半信半疑，但当她亲眼看到两人约会的场景后总算接受了。吉田真衣在男孩面前露出了连伊佐木也没见过的开朗笑容，甚至让她对好朋友的嫉妒都消失了。

之后，她跟真衣也一直保持着好朋友的关系。

“但是三年前……大概是小学六年级的冬天，她离开了……”

突如其来的失踪。吉田真衣带着她仅有的个人物品从儿童之家消失了。她的离开完全没有征兆，甚至让人怀疑是不是被绑架或者卷入了什么案件。过了一周左右，大家便推断她应该是离开儿童之家，和喜欢的人在一起了。

“吉田真衣什么也没有留下吗？”

听到这个问题后，伊佐木有点儿为难地咬紧嘴唇。吉田真衣应该没留下任何物品。

“硬要说的话，就是这块手表了。”

伊佐木让立井看了看戴在她左手腕的手表，那是一块小巧的古董手表。

“她把这块手表放在了教室里，就是刚刚那个簑岛拿给我的。她离开时忘记把宝物带走了。”

“宝物？”

“她一直把它戴在身上，上课时也经常摸着，好像是那个男孩送的礼物，像是她的护身符一样。”

那似乎是高木送给她的圣诞礼物。至于她送给高木的礼物，则是她和伊佐木一起挑选的。她送了一支金属制的黑色圆珠笔给高木。

立井知道那支圆珠笔，是高木健介爱用的书写工具。

两人交换了圣诞礼物，吉田真衣收下了手表。

“听你这么一说，的确是她的宝物啊！”

立井拜托伊佐木让自己看看手表，对方同意了。

这款手表随处可见，没什么特别，表盘背面好像雕刻了什么。

“227221*417465*2361259533”

看样子不像是序列号，数字是用锋利的工具刻上去的。

“这串数字是什么？”

伊佐木模棱两可地摇摇头。看样子是真的不知道。

立井注视着数字的排列，数字和数字之间刻了“*”符号，他记得这个符号。

立井曾经和高木讨论过暗号，他在那时候见过。

也就是说，这个暗号应该是高木刻的。

手表是高木送给吉田的，那么，这是给吉田的信息吗？

暗号的含义倒是能轻易解读。

立井把暗号写在笔记本里。其间，伊佐木小声说道：“她离开大约三个月后寄来了一封简短的信，说‘我现在很幸福，很感谢高木’。所以，我就觉得她是和高木在一起。”

伊佐木落寞地垂下肩膀。

“不知道真衣和他现在关系怎么样了呢？”

立井无言以对。他在笔记本里写上吉田真衣来信的时间和内容，信是在三年前的春天寄来的，那是在立井和高木同居一年前的时候。

——也许吉田真衣才是知道高木下落的人。

在分身生活开始之前，高木都和她保持着联系。但在立井和高木共同生活的两年时间里面，吉田真衣都没有出现过。她也和高木一样，蒙上了一层神秘的面纱。立井觉得她是追踪高木下落的关键，但有关她的线索比高木的还少。

要向儿童之家的职员打听打听吗？大人们手里的线索应该和伊佐木的不一样。但如果冒昧上门，对方不一定会告知原入住者的个人信息。

立井扭头看向伊佐木。

“希望你能帮我一个忙。”

儿童福利机构“榉之家”的外观和一般住宅区的建筑无异，是一座四面涂了白色油漆的西洋建筑。从旁边看，甚至会觉得这里是富人居住的别墅。如果没有注意到立式招牌，立井差点儿以为这只是普通建筑而错过了。

伊佐木为立井带路，让他在玄关处等候，自己则领着一位看上去是职员的女人过来。对方是一位富态的中年女性。她看伊佐木的眼神很温和，但一看到立井便露出紧张的神色。

两人事前已经彩排过了，伊佐木介绍道：“这位是高木健介先生，是真衣的男朋友。”

立井深深地鞠了个躬。他的策略是让伊佐木帮助，自己假扮高木健介。这样至少比陌生人突然到访自然得多。

儿童福利机构的代表介绍自己名为桥爪，并用警惕的眼神打量着立井，然后直接把他带进建筑物内。进入宽敞的客厅后，她锁上门，以防其他孩子进来。这里似乎也兼做会客室。

伊佐木则在门外等候，房间内只有桥爪和立井两人，先开口的是桥爪。

“请你先把你跟吉田真衣的关系告诉我。”

立井把潮海晴第二部作品中的内容和伊佐木告诉自己的线索交错讲述——

“吉田真衣居家养病的时候，我看到她每天都在窗边眺望，便主动跟她聊天。因为我有一段时间也上不了小学，于是很同情她，和她的关系就变得好起来，经常见面。”

说完这些后，接下来就是完全虚构的部分——

“我之前一直很忙，所以无法与她见面，过了那么长时间后想跟她联系一下，结果听说真衣失踪了。她去哪里了呢？我想知道一些线索，因为她就像我的妹妹一样。”

听了立井的话后，桥爪眯细了眼睛，若有所思。接着，她要求立井出示身份证。尽管此举有点儿冒犯，但立井还是把学生证递给了她。

确认过学生证后，桥爪戏剧性地叹了口气。

“怎么会这样……我们还以为真衣去了你那里……”

“你们报警说她失踪了吗？”

“当然有。但是依然找不到她，就只好放弃了……”

桥爪最后含糊其词，像是在找借口。她似乎对立井的谎言深信不疑，还露出了担心的神色。虽然欺骗心地善良的她，立井内心有愧，但事到如今也唯有如此了。

“我也许能找到她。”

话毕，桥爪终于放松了警惕，开口说道：“既然这样，高木先生，关于真衣的家庭情况，您知道多少？”

“我没有详细问过。”

这样回答之后，立井觉得一无所知似乎不太自然。于是补充道：“我只知道真衣一出生就患病，也无法上学。”

“生病啊……”

这时，桥爪重复了立井的话，显得有点儿耐人寻味。

“是啊，真衣没能上小学。她母亲在事故中去世后，她就来了儿童之家，治好病后，才上了小学。”

立井听后，提出了一个一直想问的问题。

“请问……她患的不是不治之症吧？”

当时听到伊佐木的话后，他作了最坏的打算——他之所以不知道有吉田真衣这个人，是因为她患了药石无灵的病，已经去世了。

“不，不是这样的。”

桥爪干脆地否定。

猜想被否定了，立井总算松了口气。

当立井询问病名时，桥爪绷着脸说道：“我觉得这个问题关系不大。”

立井也没有继续追问，他觉得只要吉田真衣还活着就好。

桥爪转换话题，继续说道：“她似乎无法融入正常的小学生活。”

吉田真衣一直居家养病，所以学习能力明显低下。她也不擅长跟别人交流，每周有一大半时间都是哭着回到儿童之家。就算在儿童之家，她的朋友也只有伊佐木志野，她每天都说不想去学校。

多亏有伊佐木陪在她身边，她没遇到过欺凌，但受到了排挤。

“我也推心置腹地和她相处过，但不知不觉间，她就像烟雾一般从儿童之家消失了——”

接下来的部分跟立井的期望相反，桥爪说的内容跟伊佐木所说的一样。上初中之前，吉田真衣就离开了，再也没有回来过。他们也找过警察帮忙搜查，但由于线索只有“高木”这个人，最后没能找到。

另外，当时的吉田没有手机，也不上网，没有其他可以依靠的人，所以她离开后只能去找“高木”了。

立井推测，吉田真衣确实是去找高木健介了。

跟潮海晴的第三部小说的情节一模一样，两人应该一起生活过一段时间。要研究的应该是她之后去哪里了以及跟高木有什么关系。

“真衣搬来儿童之家之前，是在其他小学上学吧？”

立井如此提问得到桥爪点头肯定答复后，便追问道：“那时候，她在小学里有认识的人吗？例如担心她的教职员。”

也许高木健介和吉田真衣一起失踪，然后去了和吉田真衣有联系的人那里。

桥爪否定了这个猜测，这种可能性他们也早就考虑过。

“没有，没有特别关心真衣的老师。”

“这样啊，我总感觉乡下的老师会给人一种特别关心学生的印象。”

听到立井一厢情愿的偏见后，桥爪歪了歪头，仿佛感到不可思议。

“乡下？不是的，她转学之前所上的小学也在这附近。”

立井屏住了呼吸。

这是一个距离东京不远的城郊住宅区。尽管不足以称之为大城市，但也说不上是乡下，而是一个人口超过一百万人的城市。

自己为什么会误会吉田真衣在乡下的学校上学呢？

不能出房间的“女主人公”，在主人公的带领下第一次看到自己的学校。那是一所小学与中学在同一栋教学楼的学校。

“有这样的学校吗？”

当立井感到不可思议时，高木解释道：“在学生人数很少的乡下会有这样的学校。”所以，立井便自然而然地认为“女主人公”是居住在人烟稀少的村落。

然而，事实并非如此。那么接下来的问题是：吉田真衣到底在一所怎样的学校上学呢？

当立井僵住时，桥爪的视线游离了片刻。虽然是一晃神就会错过的微妙表情，但她确实显得有点儿狼狈，仿佛察觉到自己失言一般。

立井想趁势追问，但要是勉强要她回答，对方反而会避而不谈吧。

“对了，我有另一件事情想问。”

立井装作没察觉到的样子，用平静的语气询问道：“真衣的母亲是因为什么去世的呢？”

“她从公寓外面的楼梯摔下来，是事故。怎么了吗？”

桥爪应该天真地认为这种程度的问题无伤大雅，所以爽快地回答了。但立井已经明白了，包括桥爪想隐瞒事实的意图，还有高木对真衣母亲所做的一切。

从房间出来后，高木看到伊佐木在走廊里等候。

“有收获吗？”

立井耸了耸肩，告诉她没有任何收获，并请她再帮一次忙。

“可以帮我约蓑岛出来见个面吗？方便的话，我想让他带我到他弟弟的学校去一趟。”

伊佐木一头雾水，愣愣地眨巴着眼睛，随后帮立井联系了蓑岛。

立井想确认几件事情。

和蓑岛会合后，立井问了他两三个问题，证明了自己的假设。

蓑岛感到不可思议。为什么立井让自己带路，不对，为什么他会知道呢？

立井一边走，一边向他讲述自己思考的过程。这并不是复杂的推理，蓑岛的弟弟上的中学和他以及伊佐木的不一样。不过按照他的家庭情况来看，很难想象蓑岛的弟弟会去参加中学入学考试。大城市引入了学校选择制度，可以自行选择愿意就读的中学，但这座城市只不过是地域很有限的城市，所以是学区制，按照住址来分配中学，如果要上其他的中学，就必须有正当的理由。

所以，立井大胆地问了蓑岛——“你的弟弟是在和一般的中学不一样的地方，也就是——特殊支援学校读书吗？”

在蓑岛的带领下，他们来到那所学校校门前，立井呼了一口气。

这个地方和潮海晴的第二部作品中描述的一模一样。无论是校门庄严的风格，摆放在小操场里的轮胎玩具的数量，还是镶嵌在校舍大楼上的时钟，以及小学和中学——正确来说是小学和初中，在同一栋教学楼。

这里应该就是吉田真衣就读的学校。这所学校的学生人数很少，小学生和初中生都在这里上学。

在立井定睛看着校舍时，一名学生从校舍里走了出来。

“是我弟弟。”蓑岛小声说道。

他从校舍飞奔而来，和蓑岛聊了一会儿后，便低下头恭敬地跟立井打招呼。

为了不让另外两人听见，立井小声地问他：“你认识一个叫吉田真衣的学生吗？”

听后，他微微点头，说以前在名册上看到过这个名字。立井再三问他有没有记错，蓑岛的弟弟对自己的答案很肯定。

立井不自觉地认真打量这位对答如流的男生，从他的外表完全看不出和正常人有什么不同的地方。

在弟弟回到校舍后，蓑岛说道：“面对不熟悉的人，他就会露出这样的表情，残障也分很多种情况。”

根据蓑岛所说，他的弟弟患有轻度智力障碍。他在普通的公立学校上到三年级，因为受欺凌而转学到特殊支援学校。

乍看之下，蓑岛的弟弟就跟普通的中学生一样。

“我们经常被怀疑。”蓑岛自嘲般地说道，“他们怀疑我弟弟其实是正常人，只是假装残障人士。因为乍看之下根本判断不出来。”

当被问道是不是被怀疑骗取残疾补贴时，蓑岛点点头。因为囊中羞涩，怀疑他们的人多不胜数。看着蓑岛灰心丧气的模样，简直让人心疼。

“我还有一件事想问你。”立井用伊佐木无法听见的音量说道，“你该不会——已经解开手表的暗号了吧？”

蓑岛张大嘴巴，愣住了。

立井跟他解释说自己不是要责怪他，他的行为应该没有恶意，暗号本来就是任何人都可以解开的。

然而，这个暗号却不能让别人解开。要是内容暴露，便会逼得少女不得不考虑逃走。

在吉田真衣离开儿童之家时，她的手表在蓑岛手里。他就是导火线，这个推测应该合理。

蓑岛低下头，好像在向着空气道歉。

“我没想到居然是那样的内容。”

某天，蓑岛看到被遗忘在教室里的手表。他想起这是吉田真衣的随身之物，拿起来一看，就注意到表盘背面刻着暗号。经过解读后，他得出意想不到的字句。当他把手表交给吉田，并问她那是否是事实时，对方脸色大变并坚持说“这手表不是我的”，并拒绝收下。

“我没想到第二天她就消失了……”

立井安慰蓑岛，告诉他不用对吉田或伊佐木感到内疚，那只是吉田真衣钻牛角尖而已。他向蓑岛道谢后，对方便离开了。

一直待在一旁无所事事的伊佐木开口问道：“这也是寻找真衣的一部分吗？”

“没错。”立井给出肯定答复后又俏皮地说，“没有任何线索。”

伊佐木轻轻地笑了笑说：“果然如此啊！”

她似乎没有失去信心，脸上挂着爽朗的表情。

“为什么会这样呢？”立井回望她时，伊佐木问道，“不如趁这个机会停止打听高木先生的下落吧？”

“嗯，你不是想知道真衣现在在哪里吗？”立井不解。

伊佐木站在他身旁说道：“我还是觉得，真衣现在一定和高木先生过着幸福的日子。如果发生什么，她一定会回来吧？既然她没有回来，那就代表她和喜欢的人一起过着快乐的生活，快乐到把我忘记了。”

在和桥爪以及蓑岛谈话的时候，立井的心境似乎发生了变化。他从口袋里取出手机，装作仔细地查询到车站的路线，利用这段时间思考该跟伊佐木说什么。

“是啊！也许高木和真衣现在过着幸福的生活。”立井表达着自己乐观的猜测，半开玩笑地说，“让桥爪小姐担心了。”

伊佐木则开朗地笑道：“我会看准时机敷衍过去的。”

说完，她便提议送立井到车站。

伊佐木也是一个关心吉田真衣的人。在去往车站的路上，她跟立井讲了许多自己和吉田真衣愉快的往事，从第一次跟她一起上学那天的蓝天到小学同班的喜悦，就跟峰讲述高木的往事时一样。和高木一样，吉田似乎也有吸引人的魅力。

每当看到伊佐木的笑容，立井内心都会泛起罪恶感。

他对伊佐木撒了谎。高木和吉田并不是恋人关系——而是另外一种更强韧的联系。虽然伊佐木似乎没有察觉到，高木和吉田之间存在巨大的年龄差。吉田真衣离开儿童之家时是十二岁，而高木健介十九岁。虽然爱情与年龄无关，但在这个年龄段，有着七岁之差的两人的价值观应该存在巨大差异。很难想象这样的两人会谈恋爱。

立井不知道高木健介和吉田真衣是怎么认识的。

总之，他们遇见了彼此。要是完全相信第二部作品《向无意义的夜晚旅行》中的描述，高木高中毕业后到情人旅馆打工，这份工作包住宿，在此期间他遇见了吉田真衣。他看到不去上学、百无聊赖地从房间窗户眺望街景的她，感觉她和自己的际遇相似，于是向她搭话。

如果是高木，应该会马上察觉到吉田真衣的问题。

“对了，伊佐木……”

立井打断了她的话。

“你说吉田生病了对吧？因为生病才不能出房间。”

“没错……”伊佐木一脸茫然地说道。

根据伊佐木所说，搬入儿童之家之前，吉田真衣患了重病。

生病——可疑的地方太多了。这里存在两种可能：是一般人不得而知的罕见病，又或者是——装病。

立井根据后面一种可能展开了想象——健康的少女为什么要谎称“自己生病了”呢？是想引起别人的同情，属于孟乔森综合征，还是……

“我再问一件事。吉田一直和你在同一所学校上学吗？”

“对，自从真衣来儿童之家之后都是。”

吉田真衣曾经在特殊支援学校上学，但是她应该没有肉体残障或是智力残障。在儿童之家居住时，她和伊佐木志野上的是同一所学校。因为只是轻度残障，所以被判断为可以就读普通小学——事实应该不是这样的。她没怎么上过学，所以应该优先让她在特殊支援学校进行基础学习。

难道——是吉田真衣的母亲谎称女儿有智力障碍？

只要出具疗育手册就可以领取特别儿童扶养补贴。她母亲不让吉田离开房间，一直在欺骗大众，对女儿也谎称她生病了。她母亲为了谋取金钱，以吉田真衣丧失受教育的权利作为代价。

就在这时，高木健介出现在吉田真衣眼前。然后，吉田真衣的母亲出了事故而去世。滚下楼梯身亡，难以判断是事故还是谋杀。

“伊佐木，能让我再看一下手表吗？”

母亲死后，吉田真衣收到了高木健介送的手表。

立井再次观察手表的背面。

“227221*417465*2361259533”

上面的暗号可以轻易解读出来。大概是为了让吉田真衣也能看懂，所以才设置得特别简单吧。

五十音图，只需要按照横列和纵列编号即可。“あ”是“11”，“い”是“12”，“う”是“13”，“か”是“21”，“き”则是“22”，数字与数字之间的“*”应该是浊音符号。（**注：“あ、い、う、か、き”，都是日语的音**

节字母，属于五十音图之一。）

“你知道这块手表上的暗号代表什么意思吗？”伊佐木充满期待地问道。

立井犹豫一阵后，决定撒谎：“不知道，读不懂。也许是高木写给真衣的情话吧。”

“要是情话的话，还挺装模作样的嘛。”

伊佐木笑着说：“不过真衣可能意外地喜欢呢，希望他们能有情人终成眷属。”

立井沉默不语。现在，他明白了的是——高木健介和吉田真衣之间有着坚固的联系。两人并不是恋爱关系，硬要说有什么关系的话，是共犯关系。

他无法想象他们拥有灿烂的未来。

根据潮海晴第二部和第三部作品的线索以及自己的所见所闻，立井推测两个人的故事是这样的——

高木健介，十七岁。初中毕业后，他在大街上打工，和被关在屋子里的吉田真衣来了一场命运的邂逅。他们相互联系，在吉田真衣的母亲去世后依然互通音信，两年后开始在一起生活。

吉田真衣虽然没有上学，但被高木健介拯救了。然而她在十岁之前都没有接受过教育，因此很难适应学校生活。在痛苦的学校生活中必须有一个心灵支柱，所以她一直把恩人送给自己的手表带在身上，给自己加油鼓劲。

但是她疏忽了，直觉告诉她，手表暗号的内容被人知道了，所以自己只能消失。她甚至想到，要是暗号内容被伊佐木或者儿童之家的职员知道，她们会联想到什么呢……

她的行动太过轻率——不过立井不忍心责怪她。

吉田真衣在学校的时候，高木健介不能陪在她身边，所以他写下了留言。他把只属于他们的秘密用一个简单的暗号表示，简单到她也能明白。“无论任何时候，我都一定会保护你”——他融入了这份感情。

立井不明白——为什么高木为了她，宁愿以身犯险？是因为两人之间心有灵犀？两个不能上学的人视彼此为同伴？

要是借用高木的话，就是两人的灵魂有了共鸣吗？

被世界遗忘的两个灵魂相遇，依靠只有彼此才能传递的感情产生共鸣。

立井低头看着手表，刻在手表上的暗号所代表的意思只有短短几个字——

“为了你 我不惜杀人。”

第五章

高木健介是杀人魔。

立井对高木杀人一事一度半信半疑，但在回到东京的时候，他肯定了自己的想法。高木健介杀了吉田真衣的母亲，而且应该也对自己的亲生父亲和荣田重道下了毒手。

立井的脑海被这个想法占据。他一开始以为高木是被监禁或者绑架，所以才逐一寻找和高木有联系的人。不过现在他不得不改变自己的假设了。

他在往消极的方向联想，整个大脑都被高木至今仍然不见踪影的理由占据。

难道高木健介是为了实行下一个杀人计划而潜伏吗？就算是高木，也不可能逍遥法外。为了争取时间，他利用立井，然后锁定下一个目标——就是这么回事吧？

然而，如果高木健介再次杀人，两人的生活也终于要画上句号。

高木健介会落入法网，立井则会沦为帮凶被问罪。

必须阻止这种事情发生。为了自己，更为了高木。

当然了，如果只是立井杞人忧天，问题便迎刃而解。不管怎样，只有和高木见面才能改变停滞不前的现状。

调查陷入瓶颈。

立井追溯高木的人生，如同再现潮海晴的三部小说中的故事一般。

《翅膀生锈的孩子们》描写了作为无户籍儿童时的孤独,《向无意义的夜晚出发》描写了和吉田真衣的邂逅。如此一来，下一个重点就是潮海晴的第三部作品《木桩》。

这部作品没有明确的故事线。作品描述了离家出走的少女和把她藏起来的少年共同生活了四个月。从开端到结局，两人都没有踏出屋子一步，文章充斥着一种无处发泄的寂寥感。阅读时，人会因窒息而变得沮丧，之后才察觉到自己居然忘了呼吸。潮海晴的真正本领——让人产生绝望的闭塞感。

这部小说的蓝本大概也是高木健介和吉田真衣经历的人生吧。

十九岁的高木健介和十二岁的吉田真衣一起生活。以小说家身份出道之前的高木健介，以及离开了儿童福利机构的吉田真衣，他们至少一起生活了四个月。

然而，在一年之后，高木健介和立井润贵开始同居，这中间一年的空白期是个谜。

于是，立井假设寻找高木的线索就隐藏在这一年的空白期里面。

和伊佐木道别后，他便回到了东京的家中，再次调查室内。他用冷静的视觉，时隔两天再次观察自己的家。他与高木共同居住的公寓是两房一厅的结构。高木没什么个人物品，倘若只有他一个人居住，空间未免太大了。

——难道在三年前，他和吉田真衣就住在这里?

——不对。

——房租太贵了。

高木健介开始和吉田真衣一起生活时，还没以小说家的身份出道，所以应该没有收入。当时大概租了一间便宜的房子，在收到小说的版税后才决定搬家。

他和吉田真衣不是住在同一个房子里吗？要是为她租房子，那么付租金的人会是高木吗？

立井以高木健介的名义办了一本存折。他发现现在每个月仍然会支出一笔四万日元的费用，转账名义是个人，他对此人的姓名没有印象。看到每月四万这个数字后，立井也曾想过是车辆贷款和赡养费之类的费用，但这些都和他一路追踪的高木形象不吻合。

除了这个公寓，高木健介果然还在租着别的房子吗？

立井觉得自己在逐渐接近高木的真相，不由得握紧拳头，然而下一秒就放松身体，松开了手。

这个房间里根本找不到类似的租赁合同。要是高木健介还有一处秘密的住所，立井也没有办法找到，而且也不知道怎么调查下去。

来到警察局后，迎接立井的人和上次一样，是那个身材魁梧的中年警察和瘦削的年轻警察。

就算是第二次，立井依然不习惯审讯室里的气氛。进入审讯室的瞬间，他感觉一阵眩晕，脚步不稳。

"累了吗？"

中年警察开起了玩笑。在电话中说的是敬语，但实际见面却不一样。不过，他说话的口气比上次随和。

中年警察坐在立井的正对面，年轻警察则在房间一角候命。立井再次打量中年警察的轮廓，这次感觉他的表情莫名的柔和。他挺起胸膛，一改看不起立井的姿势，腰板挺直，做好听立井讲话的准备。

“高木健介，先跟你说一下，你的不在场证明成立了。”中年警察开门见山地说。

在推算的案发时间，“高木健介”身处池袋的一家酒吧用餐，这个不在场证明成立了。用餐前后乘坐地铁以及去池袋前身处大学图书馆的供词也被证实。

“事实就是如此啊！”

立井露出微笑，暗暗地放下心头的那块大石头。

原来如此，对方改变态度是因为自己的杀人嫌疑消除了。

警察鞠了个躬。

“我们之前怀疑过你，之前不好意思啊！换言之，这次溺死的死者的死因是事故，或者是某人借用‘高木健介’的名字犯案。”

接下来，警察似乎会沿着这些方向进行推理。

警察首先问立井，有没有人对他怀恨在心，或者借助高木健介的名字能得到什么好处。

犯罪嫌疑洗清之后，立井感觉内心多了一份从容。面对警察的所有问题，他没有否定，而是用最正常的方式给出模棱两可的答案。譬如，每个人都有怀恨在心的对象。

“那个房子……”

仿佛用利刀切入般，警察突兀地以尖锐的口吻问道。

“你一个人住也太大了吧，除了你还有别人住在那里吗？”

这个问题像是要粉碎立井那完美的笑容一般。

警察把手肘抵在桌子上，拳头就立在立井眼前。

虽然不是嫌疑人，但对方似乎依然怀疑他和案件有间接联系。

“分了工作室和卧室两个房间。”

立井干脆地回答。

“高木健介”的小说家身份已经向警察交代过了，他把收入和房租告诉警察，坚称自己能负担房租。警察还就两台手机的合约问题提出质疑，立井又告诉对方是为了区分工作用和私人用。巧的是高木只跟责任编辑联系，而立井的手机里也只有大学朋友的联系方式，就算被发现了也能辩解。

“呵！”警察不怀好意地撇了撇嘴角，“那么，那安眠药是你自己用的吗？”

这句话杀了立井一个措手不及，他反问道：“安眠药？”

“你在网上购买了外国的药物吧？”

高木连安眠药都准备好了吗？

他简短地回答对方，是用作小说的素材。

立井开始冒汗。他轻轻地舔了舔变得干燥的嘴唇，接着像是要掩饰自己的嘴一般用手刮了刮鼻子，双眼盯着监视自己一举一动的警察。

难道，警察已经——

立井眼神坚定，警察便进一步追问：“你的邻居是这么跟我们说的：‘一个青年外出之后，隔壁会传来生活噪音。我还以为隔壁一直住着两个人。’对此，你有什么解释吗？”

“是他听错了吧？”立井回答道。这也许是对方设的圈套，而且两个人住的公寓隔音很好。

大概是偶尔上门的朋友——他咽下了已到嘴边的话语。

要是草率承认，对方会询问朋友的名字，到时候就哑口无言了。

立井坚持表示那是邻居的错觉。

警察用冷酷的目光观察着立井，起码那肯定不是面对善良的普通市民时的目光。

不能说错任何话。

“我说高木啊……”

像短刀一般尖锐的声音响起。

“你是不是在包庇什么人啊？”

如此开门见山的提问，对方果然怀疑立井是帮凶。

虽然他努力抑制自己的表情，但对于能否瞒过警察的双眼，他没有十足的把握。对方越来越接近真相了——他在心里叹气。

“你有什么证据吗？”

他拼尽全力虚张声势。

步步紧逼形容的就是这种状态吧。

警察哼了一声。

“没有，不过看到你的反应我就知道了，特别是看到被害者照片时的眼神。”

警察嘲笑的口吻让立井的身体猛地变得冰冷。他以为自己拼命维持住了完美的表情，没想到在对方眼里只是滑稽的把戏。

“你们可以用想象来逮捕犯人的吗？”

这是痛苦的抵抗。立井只能抓着这一点反驳。

“那当然不行。”

警察敲了敲膝盖笑着说：“不过要是对你家进行搜索，情况就不一样了。”

立井的脊背冒出汗珠。

据警察所说，只要法院出具搜查令，警察就有权对住宅进行搜查。

中年警察一边得意扬扬地解释，一边把脸靠近立井。烟臭味扑面而来。

“怎么样？你是要在这里坦白呢，还是要我们对你家进行搜查？你选择哪一个？”

立井感觉双腿发软。这两个选择让他左右为难。要是坦白招供，他就必须向警察交代借用高木身份证的诈骗行为；另一方面，要是家里被警察搜查，他们就会发现高木健介的随身物品。如果犯罪现场留下了高木健介的指纹，那就百口莫辩了。

立井的理性安静地告诉他。

——背叛他有何不可？这种没有留下任何解释就失踪的杀人魔。

——他之所以救我也不是出于善意，一切都是为了制造杀人案件的不在场证明吧？

喉咙极度干渴。

他好不容易发出嘶哑的声音：“我没有包庇任何人。”

警察微微睁开眼睛，用类似感叹的声音讥讽道：“真顽固啊！”

立井挺直腰背。

“要搜查我家？可以啊，正好能用作素材。你们尽管进行没有证据的想象好了。要是什么都没查出来，我就把你们的所作所为写成非虚构文学作品出版。”

“真是个麻烦的家伙。”

警察用大拇指挠了挠下颚。

“要是你和杀人案无关，我们会从轻问罪。但要是查出你协助他人潜逃，情况可就不一样了。你明白吗？”

“谁知道呢？”

“不要逞强了。来，你认真考虑一下。”

警察每说一句话，音量就提高一个梯度。

“我们总有一天会抓住犯人。到时候，他需要有人在身边支持他。要是连你也被抓住怎么办？或者说，逃亡中的犯人的生活会怎样？他有逃亡所需的资金吗？犯人把钱花光之后就会进行下一次犯罪。罪名也会随之加重。也许他又会为杀掉某个人而潜伏。我说高木啊，你的做法真的是为了他好吗？让他赎罪也是友情的表现吧？我说的话引起你的共鸣了吗？抑或是你看不起这些陈词滥调？怎么样呀？”

警察如连珠炮般发问，然后用拳头敲击桌面。

面对这番肺腑之言，立井用力绷紧双腿极力忍耐。警察的话准确地捕捉到一部分事实。一股想将一切和盘托出的冲动涌上立井心头，然而，他还是决定继续忍耐。

于是，警察换了一种谈话方式，开始谈论起被害人荣田重道，说了一些博取同情的话。荣田重道虽然有一段黑暗的过去，但他已经改过自新，在一家餐厅工作。他一直单身，父母在乡下。虽然工资很少，但一直给家里寄钱。连腰都直不起来的老夫妇听到荣田重道的死讯后痛哭不已，一直焦急地等待警察告诉他们已经把犯人绳之以法的消息。

他把荣田美化成可怜的受害者，立井听后感觉全身发烫，血气直往上涌。

“高木啊，你是怎么想的？你对荣田重道的父母怀着怎样的感情？”

“那种事——”

立井条件反射地说道：“除了‘活该’之外，没什么好说的。”

“什么？”警察不知说什么好，屏住呼吸，“你认识荣田重道吗？”

真是祸从口出。

立井慌张地捂住嘴巴，然而为时已晚。立井曾经对警察说过“我不认识叫荣田重道的男人”，但是他刚刚说的话仿佛就是在暗示自己跟荣田重道有关联。

中年警察目瞪口呆地看着立井，年轻警察也不再专注于文件，回过头来看着他。

——糟糕。如此一来他们就更加接近真相了吧？自己跟杀人事件有关联的嫌疑又加深了。

“这个问题扯得太远了，简直可笑。我只是在网上搜索后发现了荣田的恐吓事件，然后记住他罢了。”

说出口的话无法收回。

立井自暴自弃地笑着说："你们找不到证据，所以只好让我坦白对吧？这可伤脑筋了。冤案就是从这种刻板印象中产生的吧？"

他的话语在屋子里回荡着。

警察的语气变得平淡，仿佛方才那股子气势未曾存在过一般。

"高木健介，我要说的已经跟你说完了。你明天再过来一趟。"

虽然立井坚称自己要说的已经说完了，但对方并不接受。

警察把手搭在立井肩上，那重量沉甸甸的。

"你好好挣扎一番后，再告诉我答案吧。"

之后等口供记录完成，立井在上面签过名后就被批准离开了。跟第一次了解情况不一样，这次警察没有让立井反复回答同一个问题。

立井敷衍了一句后便离开了警察局。虽然感觉到后方投来怜悯的目光，但他一次也没有回头。

"每次协助调查都会出岔子啊！"

他一边自嘲，一边走在回家的路上。虽然是内容丰富的了解情况环节，但用时不到一小时。

离开警察局后，暴露在风中的身体突然发冷。立井这才发现自己流了不少汗。他在自动售卖机上买了一瓶运动饮料，然后一口气喝光。

自己还能不能熬过下一次呢？他平静地判断着。

也许是负责这起事件的警察的作风，他们不会拘禁立井好几个小时，强迫他认罪。他们只是用如同利刃般的语言，将立井割裂，让他背上无法治愈的伤痕后就让他离开。简直生不如死。比起这种做法，也许耗上好几个小时的盘问来得更自在。

“从他的反应看来，他对荣田抱有恨意。是受害人的家属吗？”“犯人是为了高木而杀死荣田吗？”“没错。高木一定在包庇某个人。证据一确定，就马上搜查他的家吧。”“好的。”“嗯，照这么下去，我想他很快就会招供了。下次如果用亲切的态度对待他，就能轻松拿下了。”

立井眼前浮现出想象中的警察们交谈的情景。他们没有察觉到立井和高木交换了身份，但是两人的关系正在一步一步地被揭开。

而且，那个可能性强烈地搅乱了立井的内心。

“也许他又会为了杀人而潜伏。”

警察也跟立井有着同样的预感。

烧死亲生父亲，让吉田的母亲摔死，让荣田重道溺水身亡——做出以上种种行为的高木健介又要锁定下一个目标——这很有可能。

但是，要怎么阻止他？自己追踪不到他的下落。束手无策。

和高木健介以及吉田真衣有交集的人物都问过了，高木居住的房子里没有线索。警察在逐渐接近真相……

立井感到绝望。分身生活终于要画上句号了。

回到家后，他在餐桌前坐下。闭上眼睛后，和高木共同生活的种种往昔浮现在眼前。

他打工下班回家后，就会听到高木的房间传出敲击键盘的声音。他在客厅里读了一会儿书后，高木就会从房间里出来，问他书的内容。“偶尔出去喝杯酒吧？”每当立井这么提议时，高木总会苦笑着敷衍过去。“我不会喝酒。”他只会说这种饶有深意的话，而不讲述具体原因。

现在的立井明白其背后的原因是高木父亲酗酒，但过去的立井没有深究，只是埋头于书本中。接着，高木就会试探性地让立井阅读小说原稿，最后两人会通宵讨论小说的细节。

这种日子转瞬即逝。

“为什么啊？”立井呢喃道。

这两年不是过得挺好吗？我不知道你在想什么，但也不全是厌恶的事情吧？

为什么啊，高木？为什么你要……

种种疑问占据立井大脑的同时，被荣田重道迫害的自己家人的身影也在他脑海里挥之不去。

…… ……

立井当时是高中生，曾经笼统地想过人类的愿望。

他自己拥有一个正直地活着的愿望。

生而为人的正直，作为一名高中生的正直，身为同班同学的正直——在数不胜数的尺度中，他想成为一个得到别人认可的人。就算这种正直有时显得困窘，就算强迫他人接受会被嘲笑说“这是时代的错误”也无所谓。

强大且能被人依靠的男人，善于平衡交际和社团活动的高中生，设身处地支持苦恼中的好朋友的学生——“你要做这种人”——要是被这样命令，反而会产生逆反心理吧？然而有时候也无法从“你要做这种人”的愿望中逃离。虽然在青春期的初中时代，曾扬言想过上人上人的生活，但这种决心不过是在梦想着正直的人上人形象罢了。

立井不以为耻。虽然存在程度差异，但大家应该都怀抱着相似的愿望，最起码立井的家人都是如此。

父亲为了养家糊口辛勤劳作，母亲则负责料理家务事。到了男人也应当承担家务事的时代，父亲就笨拙地开始帮忙洗衣服。立井则努力学习，有时会在父母经营的外卖便当店帮忙。虽然没有用语言表达，但是每个人都在以自己的方式热爱着这个家。大家建筑起一个端正的家庭。

没有被任何人命令，也并不感到痛苦，家族成员们甘之若饴。

然而，荣田重道让家族的模式发生变化。当受到偏执的恐吓，父亲决定关闭经营已久的外卖便当店时，家族开始偏离正常的轨道。

父亲没有马上找下一份工作。立井不知道他要找一份怎样的工作，不过每天晚上弓着背喝酒的父亲仿佛在努力找工作。人们会用怎样的目光看待这个只有个体户经验的五十多岁男人，身为高中生的立井不得而知。

为了不让立井担心，父母在他面前表现得很开朗。然而，父母背地里时常翻看银行存折后脸色发青，这些立井也看在眼里。

就算会违背父母心目中理想儿子的形象，也必须说出来。

某天晚上，当父亲焦虑地看着电视时，立井开口说道：“我不上大学了，我已经厌倦学习了。”

这是谎言。虽然立井还没确定专业，但他希望在大学里钻研一个领域，成为让自己自豪的人。

父亲听后哈哈大笑。

“你不用担心，不用在意钱，努力学习吧。”他坚定地说。

最后，立井顺从了父亲的意思。他相信父母，并为了回应他们的期待努力学习，演绎一个思想端正的儿子的角色。他没有意识到，自己的行为同样是把思想端正强行加在了父亲身上。

在无意中进入父亲房间的时候，立井知道了父亲所新开展事业的真相。

“男女老少皆宜，轻松网上投资讲座”——印着这个标题的资料放在桌上。父亲不是讲座的参加者，而是讲师。

读完资料后，就算是立井也知道这种职业的真面目。

父亲谎称自己是东京大学经济学专业的毕业生，以主妇群体为目标开办投资讲座。借助免费指导的名目，让冤大头们拿出和赌资一样的金额做投资。若投资成功，他就收取讲座费用；若失败，便让参加者买教材。

这是连高中生都知道的卑鄙买卖，与诈骗无异的所谓事业。

立井的理性告诉他，自己的父亲想努力维持一个端正的父亲形象，承担作为家庭支柱的责任。只要自己视若无睹，就能保住这个家。自己扮演理想的儿子，父母各自履行自己的职责。只要闭上眼睛，离开父亲的房间就好。

然而，立井的脑海里出现一个怒吼的男人的声音。

那是榨取弱者金钱的恶毒声音。

所以，父亲回来后，立井对他说了种种侮辱的言语，并狠狠地与他互殴了一顿。

破坏家庭的人是立井润贵自己。

激烈的争吵以父亲的失踪而告终。他在最后依然坚称自己是为了这个家，无可奈何才走出这一步的。然而，立井却向他怒吼了无数否认他人性的话。

那次之后，母亲经常责怪立井，告诉他应该以婉转的方式表达。

也许可以婉转表达，他承认，但他当时做不到。

立井贫乏的词汇以及幼稚的精神面貌，导致他只有怒斥父亲这个选项。他知道父亲也有自己的苦衷，然而他的大脑已经被冲动占据，污辱的言语就脱口而出了。

他一直在后悔自己的所作所为。

遇见高木之后，立井感觉现在的自己可以把内心的真实想法告诉父亲了。

你不需要当一个完美的父亲。这个世界上也存在着有缺陷的家庭。

现在，立井能有更巧妙的措辞了。

…… ……

立井对罪魁祸首荣田重道的憎恨一刻也没有停止。

在以恐吓罪被逮捕时，这个男人是市政府的非正式职员。调查之后，立井发现非正式职员的工资和平均最低工资差不多。

他的生活绝对说不上富裕，但这并不是恐吓别人的理由。

立井庆幸他的死。凌驾于窃喜之上的是愤懑，占据了他内心的一大半。

荣田重道让人怨恨，但是就算如此，自己也不希望高木健介杀人。

如果他把选择的权利交给自己，自己应该会建议他维持现在的分身生活。

对现在的立井来说，这是比报仇更优先的事项。

他会说服高木，积极地鼓励他——我们继续现在的生活吧。

立井想继续当高木的分身。

然而，为什么……

在重复着无穷无尽的问题时，一阵饥饿感袭来。他从早上开始就没吃过东西。打开冰箱一看，里面堆满了蔬菜汁和速冻食品，全部是高木购买的。

立井在内心向高木道歉，然后拿起冷冻意面，撕开塑料包装膜后便发现里面的说明书。这种网购商品没有在线下超市进行售卖，制作方法十分简单。他拿起说明书一看，发现开头写着店家的感谢语，是对网店客人的感谢。

网店——立井注意到这个词语，接着想起峰的话。

“要追踪高木的下落，拥有最多线索的人是你吧？”

立井恍然大悟。

这么简单的事情，为什么之前一直想不到呢？

立井为自己的愚蠢感到懊恼。他把意面扔进冰箱，然后奔向高木的房间。

高木健介是一个依赖网络生存的人，只会购买电子书籍，饮料和食物也都通过网上预定。那送货地址是不是只有这个公寓呢？

立井用高木的电脑登录他经常使用的几个网购平台。幸好账户保持着登录状态，他不用输入密码就能顺利登录，接着查询保存在网购平台上的地址。

里面显示了高木租住的另一处房子的地址。

那个地方距离立井居住的新宿不远，是一座位于新宿站和新大久保站之间的两层小公寓。不管怎么说环境都算不上好，因为靠近繁华地区，空气十分浑浊。就算是身无分文的穷学生也不想住在这种地方吧。

立井把来时的自行车停在公寓前方，首先是确认房间。

现在已经是傍晚。他从外面的楼梯上了二楼，前方的建筑物挡住了夕阳的余晖，让房间显得更加昏暗。

立井的目的地是二楼最里面的房间。他按了按门铃，可是无人应答；将耳朵贴在门上，也听不到任何声音。

其间，他察觉到背后有人的气息，回过头看，却空无一人。

是错觉吗？因为紧张而变得神经过敏了。

他折返到建筑物的入口，看到关于丢弃垃圾的告示，右下角写着管理公司的电话号码。他致电管理公司，报上高木健介的名字后，对方让他到徒步五分钟距离的公司所在处取钥匙。他按照指引来到办公楼里的一个房间，出示高木健介的身份证后就拿到了备用钥匙。

回到房门前时，立井感觉自己的心跳前所未有的快。

也许高木健介就躲在这里，也许吉田真衣就住在里面。

他用裤子擦了擦手心冒出的汗珠后，转动钥匙，推开门。

首先是一阵发酵的气味刺激鼻腔，是布匹和霉菌混合的气味。玄关处是散落一地的传单和信封，应该是门上的信箱不堪重负溢出来了。

似乎没有人住在这个房子里面。

他发现了没有封口的信封。拿起来端详，上面没有邮局的印戳。看来是写信人直接塞进来的信件。打开一看，里面只有半张纸，潦草地写着“给我还钱”的粗暴字眼儿。应该不是金融公司出具的文件。立井觉得字迹似曾相识，却又想不起来在哪里见过。

房子内部是一个大约十平方米的日式房间，堆放着两个纸箱。立井打开窗后再调查房间，发现家具只有一张收起了桌腿的圆桌和单门的小冰箱。冰箱里空无一物，并且没有插电源插头。

接着，他打开壁橱，里面摆放着两床被子。

房间一旁是一个小厨房，更贴切的说法是“设置了炉头和洗菜盆的地方”。立井打开脚边的收纳柜，里面有两双筷子、两把叉子和两个碗。

没错，这里就是高木健介和吉田真衣住过的房子。

接走了离开儿童之家的吉田真衣后，他们就在这间破烂的房子里一起生活。之后，等高木手头儿宽裕后，便搬到了新的公寓。

看来高木仍然租着这间房子堆放杂物。

是为了把这两个纸箱藏起来吗?

纸箱边长一米，呈正方形。虽然比较大，但完全可以放在高木和立井居住的房子里。高木特意租了房子存放，是为了不让立井发现吧?

虽然这个明显的隐藏方式让立井有点儿受伤，但现在也不是抱怨的时候了。

他打开纸箱的盖子。第一个纸箱里装着衣服，首先映入眼帘的是纯白色的开衫，接着是女装，应该是吉田真衣的衣服。第二个纸箱里放着很多杂物。立井拿起放在纸箱一角的笔记本，打开一看，上面是圆润的少女风字迹，写字人应该是吉田真衣。还有供小学生用的参考书。高木应该曾经让离开儿童之家的吉田真衣学习。

其他书籍应该也大同小异，立井再次把手伸进箱子里，然后找到了用订书器订好的文件，最上面一张的标题是“副业轻松月赚五万日元！任何人都能办到的少额投资”。

立井突然感到口干舌燥。

“这是……”

这是立井以前见过的父亲的投资讲座资料。关掉外卖便当店后，父亲开始了可疑的事业，而立井在他房间里发现的就是这个。

这张宣传单为什么会和吉田真衣的个人物品放在一起呢?

吉田真衣，或者是高木健介，参加了父亲的投资讲座吗?

立井将纸箱翻过来，把里面的东西倒了出来。他想找找有没有其他线索。然而，剩下的只是疑似吉田真衣用过的文具和饰物，没有找到有力的证据。

看来是找不到什么证据了——正当立井想放弃时，他发现书本的间隙里夹着反射着暗淡光芒的物品。

是USB存储器。

要是里面空无一物，那就真的可以放弃了。

立井把USB存储器塞进口袋，甚至顾不上把东西放回纸箱，便飞奔出房间。

他骑着自行车冲回家里，在电脑上插入USB存储器，打开后发现里面有四个文件——三个视频文件和一个文本文件。

文本文件的标题是——“《木桩》原案”。

立井没有看过这个文档。高木给他看的只有原稿，这是他第一次看到构思阶段的文本。

然后，就是影像资料了。

里面到底是什么内容呢？

立井决定先观看视频。他戴上耳机，播放第一段视频。

这段视频很模糊，应该是用手机拍摄的，画面不断晃动，光线昏暗。拍摄的场所是室内，在一个放置有榻榻米的房间里，垃圾散落一地。拍摄者在肮脏的房间里走动，嘴里不断地抱怨着。

摄像机的画面一直拍着凌乱的房间，维持了约几分钟，但在画面一角似乎捕捉到了什么。拍摄者将摄像机放在高出地板的位置，对准拍摄对象后将其固定。画面中央是一名少女，她那空虚的瞳孔盯着摄像机。她身穿带花纹的睡衣，是一名稚嫩的女孩子，年纪看上去还不到小学三年级。

立井有一种不祥的预感。

拍摄者把手从摄像机挪开，似乎是对拍摄角度感到满意。画面中终于出现了拍摄者的模样，是一个男人，身穿T恤。

不能再看下去了——

立井按了“暂停”，直犯恶心。他深呼吸，让自己冷静下来。

下定决心后，他用快进的方式进行确认，已经无法正视视频的全部内容。就算调了静音，立井的胃里也多次翻江倒海。

三个视频的内容都一样，时长约三十分钟。

立井想把这段关于视频内容的记忆全部删除，他的心底深处喷涌出厌恶之情。在几欲尽情怒吼的冲动驱使下，他出拳锤向桌面。

不过，这段视频为立井提供了重大的线索。

“是荣田重道和吉田真衣……”

视频里面的男人无疑就是荣田重道。少女应该是吉田真衣，她的模样比伊佐木给立井看的照片中显得更稚嫩。这段视频应该是她被儿童之家收养之前拍摄的。

荣田重道和吉田真衣有联系。

太奇怪了。当时，她应该过着完全不出家门的生活。难道荣田是吉田真衣母亲的恋人吗?

立井强忍着不快，将视频快进播放。他对画面中的情节丝毫不感兴趣，只把注意力集中在他们有没有谈及任何线索上。

吉田真衣始终保持沉默，像坏掉的洋娃娃一般，等荣田重道耗尽力气后，她的嘴角才微微颤动了一下。

立井倒回她嘴角颤动的画面，调高音量。

"钱……"

立井第一次听到吉田真衣的声音，他的内心被强烈地撼动。听到这虚弱的呢喃，他的眼泪夺眶而出。

始终气势汹汹地吼叫的荣田突然慌了神。看来他一直拖欠应当给吉田真衣的钱。于是，他不断地哀求，说自己会给钱，让她叫她母亲不要打电话到他的工作单位。看来荣田被讨债弄得焦头烂额，还叮嘱了吉田真衣好几次，还说要带她去吃饭，意图讨好她。

吉田真衣的母亲通过这样的手段赚钱，而荣田重道便是她的客人。

USB存储器里的视频就是铁证。

高木知道了这件事，所以杀了她母亲吗？而在差不多五年之后的今天，他就把出狱的荣田重道置之死地了吗？

然而，立井的疑问并没有完全消除。

为什么高木健介会对吉田真衣如此执着？

荣田和吉田真衣母亲的行为确实罪无可恕，他们虐待吉田真衣。她母亲让女儿假装残障儿童，也不让她上学。

但是，为什么高木要犯下如此重罪？

视频中，荣田整理好衣服，最后好像恍然大悟般用手遮住摄像头。画面剧烈晃动，整个房间都被拍进去了。视频的最后是荣田重道那张丑陋的脸的大特写。

立井在视频里看到某样熟悉的东西一闪而过，于是按了回放。摄像机拍到房间时，立井看到了窗户。按下“暂停”后，可以看到窗外的景色，正面是以红色三角形为特征的屋顶。

好像在哪里见过。立井慢慢地搜索记忆。在这几天里面，立井曾经亲眼看见过红色的屋顶。

——就在高木健介小时候住的房子前方。

触及这部分记忆时，立井感到气血上涌。

为什么吉田真衣会在高木健介过去住过的房子里?

思绪已经跟不上结论的节奏。立井在理性的驱使下活动身体，拿出手机按下号码，电话没有接通。接着，他给对方上班的地方打电话。虽然知道有违常识，但他有一件事想马上确认。

转接后，对方接起了电话。

“峰……”

立井说道。

电话那头的峰在抱怨，对方似乎分身乏术，于是立井切入正题。

“请把高木原来的姓氏告诉我。”立井接着强调，“跟你认识后，他被高木哲也收养了……那跟你认识的时候，他的姓氏应该不一样吧？”

峰没能马上回想起来。

“是什么来着……”他念念有词。立井心急如焚，于是主动问道：“该不会是姓吉田吧？”

希望他否定这个答案，希望他会一脸不悦地训斥道：你胡说些什么啊……

立井祈祷着，然而峰用轻松的口气回答道：“对，没错。我认识他的时候，他叫作吉田健介。”

这个答案把一切谜团串联起来了。

高木第一次杀人是杀自己的亲生父亲，第二次是杀吉田真衣的母亲，第三次是杀荣田重道，还有高木健介接下来要进行的第四次杀人，这一切都汇集在一个答案里面。

是妹妹——高木健介为了唯一的妹妹，化身杀人魔。

立井泪如泉涌。当他读完剩下的文档后，一边哭，一边跑出家门。

朝着高木现在可能现身的地方，全力奔跑。

“《木桩》原案”里面，记录着高木健介的痛楚，同时也记下了他的最后一个目标。

《木桩》原案

笨拙的字体排列在笔记本上。

她愁眉苦脸地埋头写字，抄写我写给她的汉字。这是她每天的任务。

“最近看到过什么吗？”

听到我这个问题后，她陷入了沉思。

“水龙头。”她回答道，似乎是如实地回答了正在眼前的东西。

“水管”“流动”——我在白纸上写了这两个词。

她和我一样用圆珠笔在纸上画出线条，不过“流”字让她费了不少功夫。偏旁和字的其余部分平衡把握得不好，就像错位的纽扣一般不美观。

她的呢喃声在这间大约十平方米的公寓里回荡。

时间平静地流淌着。夕阳照进屋内，把房间染成了橘黄色，她的眼睛闪着灿烂的光芒。我和她的小小王国，正要迎接夜晚的到来。天一黑，我就必须出门。

“想休息了。”

她趴在桌子上。我点点头，抚摸她的脑袋鼓励她：“写完最后一个字就能休息了。”

要写什么好呢？希望是一个和现在的她相称的美好词语。

她顾不上等待冥思苦想的我，已经开始动笔了；然后，一脸骄傲地让我看笔记本，展示自己写的两个词。

“吉田健介”，然后是“吉田真衣”。

看着这些歪歪扭扭的字体，我回想起过去的时光。

…… ……

她应该已经忘记了。有一段日子，我们并没有姓名。

当时的我没有属于自己的意志。我蜷缩在狭小的房间里，吃着别人投喂的食物，然后排泄，感到饥饿就睡觉。凭着条件反射生存，如同在监狱中生活的老鼠一般。

我认识的世界很有限。

夹在面包袋上的浅蓝色夹子，发霉的内衣裤，皱巴巴的外卖比萨传单，咬烂了的塑料瓶盖，沾满油的便利店塑料包装盒，撕烂的纸盒，以及用折起来的报纸制作的谈不上是艺术品的东西。

从懂事的时候起，我就生活在一个垃圾堆中。排解饥饿感是我的唯一任务。我撕着母亲捡来的报纸分散注意力，不知不觉间，这就成了我的习惯。只有在这有限的时间里，我才会忘记饥饿感。母亲似乎误以为我喜欢玩报纸。她未曾想过我实际上是在忍耐着把报纸塞进嘴里的冲动。

她经常给我速食面。我会在包装袋上割一个口子，把面弄碎倒进嘴里，然后用手指沾着调味粉舔舐。我并不知道其他食用方法。

奶粉是偶尔的大餐。我仔细品尝，用水把奶粉做成小圆球后舔一舔，尝到甜甜的味道。

然而这种幸福也转瞬即逝。饥饿感不断袭来，母亲却很少回家。

她每隔两天或者三天回家时，会放下少量食物然后离开。我巧妙地将她随意放下的面包和速食面分配好，在她下一次回家之前靠这些食物度日，伴随着让人焦虑的饥饿感等待她回家。

在粮食被吃完的日子里，我便不停地啃着塑料瓶盖。

到了傍晚时分，窗外传来嬉笑声。那是一群背着巨大的双肩背包、身高与我相仿的孩子，他们有说有笑。

他们一定是特别的人吧？

我甚至不懂得羡慕，只是用手指捏了捏空空如也的肚子。

母亲有时会命令我“快点收拾”。

随着我渐渐成长，她骂我的次数也增加了。她把满是垃圾的惨状归咎于我，打了我的头好几次，说我明明整天在家，却这么懒。

我向她道歉，为自己的懒惰行为道歉，然后把放在杯子上的纸巾或纸袋拨向一旁。母亲看到后又打了我的头。于是，我又道歉，接着再次重复错误。

母亲没有发现——没见过整洁房间的人是不会懂得整理的，我的视野里总是充斥着肮脏的东西，因为我未曾从这充满腐臭味的屋子里踏出一步。

在命令我收拾东西的日子里，母亲会带一个男人到我们家。

深夜里，她和一个散发着让人厌恶的味道的男人一起回来。我总会用毯子裹住自己，装作睡觉。自从壁橱容纳不下我之后，我就养成了这个习惯。无论发生什么事情，我都不会睁开眼睛，也不会有任何动静，就像死人一样。

无论他们在一旁做什么，我都没有反应。我只会变成一堵墙，连好奇心也不配拥有。

母亲和男人似乎都不在乎我的存在。

他们果然难以想象。

他们想象不到我为了排解饥饿感在白天里睡觉，也想象不到夜里我会因为饿肚子而睡不着觉。

我咬着毯子一角等待天明。

“塞住耳朵就什么也听不见了”——我在心中默念。

两人的声音停止后，母亲温柔地抚摸我。

“忍耐一下就好。”

她低声呢喃。

她手心的温度让我感觉很舒服。

我知道这种痛苦不会有结束的一天。

母亲要从某个男人身边逃走。

某天看电视时，母亲一脸哀愁地揉着大腿上的淤青，告诉我她从“丈夫”身边逃走了。

她触碰我的头祈祷。

希望明天过得比今天好。

她反复说着这句话，仿佛只是在哀求，而不知道愿望是否会成真。

夜里，我睁开眼睛，发现母亲晕倒了。

我已经四天没有见过她了。我在她的包里看到零食时便抓起来咬，除此之外的事情都抛诸脑后。我一个劲儿地把零食塞进嘴巴，等饥饿感缓解后，终于冷静下来观察母亲的状况。

屋子里的灯没关，她躺在被窝里，妆容花了，特别是眼周的睫毛膏已经溶化，看着有点儿狼狈。

我知道幸福不会来临。

她按着肚子蜷缩着。

在好奇心的驱使下，我伸手触碰她的肚子，那里很热，热得像着了火一样。

妹妹出生了，在组合卫生间的浴缸里。

我一一完成母亲吩咐的事情，烧了接近人体体温的水给妹妹洗澡。当我温柔地触碰她时，她就会用很大的力量抵住我，所以我掌握不好力度的大小。

她无所顾忌地发出巨响，响得让人无法想象是从这具幼小的身体里发出的。

我求她安静下来。

“不能发出声音，这是母亲定下来的规矩。要是违反，她就会把手帕塞进我的嘴巴。这种感觉很难受，几乎要干呕出来，但这样就不能发出声音了。”

但她依然没有停止哭泣。我马上开始找手帕，把手伸向橘色的布，然后看着稚嫩的她。

她会窒息吧？过火了啊——之后，我改变了念头。

嗯，也许这样也不错。

我抬起头，环视这间在垃圾间隙中可以看到腐朽的榻榻米的屋子。

在这个世界里，幼小的她应该得不到幸福，肯定连名字也没有。

没有名字的人只有一种命运——去不了医院，也上不了学，不能离开房间，只能一边与饥饿感斗争，一边在这间腐烂不堪的屋子里生存。倘若被人发现，就说自己是"亲戚"。我只能眺望窗外的孩子们。

我早已明白。

无论是对母亲，还是对我以及她而言，都不会拥有光明的未来。我们只是在"享受"不幸罢了。

我把手里的手帕伸向她的嘴角。妹妹趁我不注意时吞下去了——就用这个借口跟母亲解释好了。

正当我准备将手帕塞进她嘴里的时候，她小巧的嘴巴含住了我的手指。

那股热度，还有从没长出牙齿的嘴巴里传递而来的节奏，动摇了我身体的核心。

这时的感动无法用言语表达。

——这里有一个稚嫩且虚无缥缈的美丽灵魂。

我从心底觉悟了。

我手足无措，看着她透亮的眼睛叹了口气。

她那清澈的眼神让我看得出了神。

我似乎陷入了茫然若失的状态，视线始终无法从她身上离开。

如同火苗骤然在黑暗中亮起一般。

如同花朵突然在遍地枯木的山上盛放一般。

如同蓝天猛地从昏暗的云间探出头来一般。

我这才意识到，原来被垃圾占据的世界里也存在着美丽的灵魂。

我必须保护她——这股强烈的冲动驱使着我。

她必须有一个名字，绝对不能玷污这个清澈的灵魂。

一个月后，我们有了自己的名字。

名字——我当时不知道，人们原来把它称作“户籍”。

“怎么了？”她向我问道。

因为我一直沉默不语，让她担心了吧。看到写在笔记本上的名字，我陷入了对过去的回忆中。

“没事。”

大概是累了吧，难得的休息日也陪着她学习。

下次休息的时候得好好睡一觉。

她伸了一个大懒腰，看来抄写的任务挺累的。嘟囔几句后，她便开始准备晚饭。我这才想起原来今天轮到她做饭了,然后盯着她的背影。

十二岁的妹妹站在那里。

我们居住的是两层的公寓。

房间在二楼，是十平方米大小的单间日式房间，配备组合式卫生间。有壁橱和热水器，但没有位置摆放洗衣机。虽然有煤气灶，但不知怎的墙上的换气口堵住了,所以味道散不出去。做饭时打开排气扇后,油烟就会充斥房间。

距离电车站步行十五分钟，离沿线铁路只需步行五秒，每当电车经过时，窗户都会吱呀作响，水管会因为电车的震动而停止工作。

即便如此,这里也和过去我们居住的那里完全不同。房间井井有条,而且妹妹的脸上挂着柔和的表情，这对我来说是最重要的。

这里是属于我们的小小王国。

我从那间堆满垃圾的屋子逃走了。之后，再和离开儿童之家的她一起建了这个王国，生活已经和那个时候不一样了。

本应如此的……

我的理性明明这么告诉自己。

“你真的没事吗？一直在发呆。”

她回过头来，右手拿着装着鸡肉的袋子，左手拿着白菜。

“没什么……”

我吞吞吐吐地说:“我很担心,我们真的从那间屋子里逃出来了吗?我们以后该不会又被关在屋子里吧——这个想法一直在我脑海里挥之不去。”

她眨巴着眼睛。

“你又在说些莫名其妙的话了。”

她满不在乎地笑着说。接着又愉快地哼着歌，重新开始做饭。

我继续看着她切菜的背影。

入夜后，我出门打工。

打工的地方是位于新宿站东口的一家小居酒屋，一杯啤酒两百五十日元。连雇佣合同都没有签，是非法劳工。

粗暴的店长经常打我。同伴犯了错，我就会因连带责任受皮肉之苦。他殴打我的肩膀，踢我的大腿，还经常用热锅抵在我眼前威胁我。

我不会反抗，理由只有一个——因为店长是公寓的担保人。

未成年人如果没有大人帮助是租不到房子的。

无论他将多么严苛的劳动强加在我身上，我也只好服从。哪怕我收着远不如法定最低工资的劳动报酬。

要是我反抗，我们的王国就会毁于一旦。

每天工作到身体都快要崩溃的程度，太阳升起时才回家。凭借着朦胧的意识倒在她身旁，像死人一样蜷缩着身子。

筋疲力尽的身体渴求充足的休息时间。但我用理性拒绝，并把起床时间刻在脑海里，就算寿命缩短一些也无妨。

无论多么煎熬，我都没有休息时间。

我开始写小说。

无论怎么用语言美化，我的行为都只能称为“绑架”。要是被警察或者儿童福利机构发现，我和她应该就会天各一方了。

她极度跟不上这个世界的节奏，所以无法在原来的社会生活。

这种生活不过是苟延残喘。

就在我们的生活开始三个月后的那天，她生病了，我必须带她去医院。

这个没有保险证，也没有家长陪同的少女到医院后，周围的人会怎么看待她呢？

她痛苦地咳嗽着，我陪在她身边。

除此之外我无能为力，我真是一个糟糕的哥哥。

我们不能依靠警察和医院。

我们的王国与世隔绝。

她表面上虽然表现得很开朗，但也意识到生活危机感。我曾经发现她用我的手机偷偷地搜索可疑的网站，每一个都是关于如何赚钱的。

过着如此拮据的生活，也难怪她感到焦虑。所以，我要继续写小说。

就算再困再累，我也会在中午之前起床。做完两人份的早餐后我就打开手机的写作软件，利用免费的软件输入文字；完成三个小时的写作后，再读一次当天写的内容，然后把原稿上传到网站上。

就算在和她一起生活的日子里，夜幕降临后我也曾有过身处那个垃圾房子的错觉。我的心已经被困住了，就像沾在身体上的臭味一般，是无法逃离的诅咒。

所以，我必须和她携手前进，我们要走出这个地方。

…… ……

她四岁的时候，我们分隔两地。

那是一场无奈的悲剧。

父亲在火灾中丧生时，我在现场，这让母亲觉得毛骨悚然。于是，她把我当作陌路人看待。我被亲戚收养后得到了“高木健介”这个名字，她则因为父亲的死得到了“吉田”的姓氏。

我们在六年后再次相遇。当时我十七岁，她十岁。

我从未忘记她，但也无法接近她。我会给母亲带来麻烦。母亲讨厌我，而且精神也不稳定。在照顾我的时候，她甚至不能继续工作。

但我依然要去见她。我谎报年龄在旅馆打工的时候，听到同事炫耀自己的妹妹，我便再也无法按捺乡愁。我并不打算跟她说我的真实身份，甚至没打算跟她说话。为了不让母亲发现，我只在工作日的中午从远处眺望她们的家，这样已经心满意足。

然而，那一天，她站在窗前，我和她四目相对。

暗淡空虚的表情。

眼神和过去的我一样。

我知道她没有上学。

在母亲葬礼那天，她哭了。

我把决定要做的事情事先告诉了她。我并不后悔，因为没有其他办法了。虽然也许只是我在麻醉自己。

她抱着母亲的照片放声大哭。

葬礼上有许多和母亲有着同样气味的人来了。大家都沉浸在悲伤中，纷纷安慰她。我这才知道，原来母亲也有朋友。

我站在距离葬礼会场稍微有点儿距离的地方，双手合十静静地为亡母送行。

…… ……

我在和她一起建造的王国里诚心祈祷。

希望有人发现我们。

希望有人拯救我们。

如果这是一个奢侈的愿望，那就希望有人怜悯我们。

反抗怜悯的自尊心，早已被我抛诸九霄云外。

我知道自己和只会祈祷的母亲一样，像逃避一样写着小说。我被店长暴力对待，为了压制闹事的客人露出凶狠的一面，抑制住以暴制暴的冲动，接受便宜的工资。眩晕症状出现后，她很担心。我安慰担心生计的她，让她学习。瘦得两颊凹陷的我抱住她的肩膀。写小说，就算多写一行也好。电暖炉坏了。默默祈祷。我跟自己说我和母亲不一样，但依然忍不住想祈祷的冲动。

我紧紧攥着手机。没了手机，我就生存不下去。我的衣服是廉价品牌的批发产品，虽然很便宜，但还算干净。鞋子穿得旧了，但并没有穿孔，头发剪得短而齐。

没有人会发现我们的窘迫。

我们混在其中，融入其中，他们不会看到，不会看到我们的存在。

然而，尽管如此，我也希望有人能发现我们，不要忘记我们。

内心将要崩溃的日子，我只能祈祷，然后，挣扎。

谁来救救我们……

“我们去看电影吧。”

她拿着宣传单凑近：附近的市民大厅里举办怀旧电影免费观看活动。我拒绝了，因为已经没有余力。不过，在她的软磨硬泡下还是去了。会议室里摆放着折叠椅子，在这个临时搭建的会场里，我们观看了那场电影。

并不是什么令人愉快的电影。因为是她推荐的，我还以为是喜剧或是恋爱电影，但这部电影讲述的是贫困家庭的生活。

我在不知不觉中落泪。

“我在电视上看过这部电影。”

电影开始后，她解答了邀请我看电影的原因。

她不能上小学的那段日子里，被允许偶尔看电视。

“我觉得这就是我的故事。这部电影告诉我，世界上还有和我相似的孩子。他们的事情被人们知道了，我感同身受，觉得很高兴。有一瞬间感觉内心被拯救了一样。原来有人关注着我呢。”

她目不转睛地看着我。

“健介，你可以写这种故事吧？”

我感觉到这是上天的启示，也许就是这样。

我很清楚。在那间满是垃圾的屋子里度过的如地狱般的岁月。

希望自己，还有呱呱坠地的生命被人注意到，那段长吁短叹的日子。

不是为了挣钱，我心急如焚地憧憬着——

如果这个故事能拯救像我们这样被世界遗忘的孩子们的心灵，那该是多么美好的事情啊……

我们的王国终于到了尽头。

门外时常传来骂声。关了灯的屋子漆黑一片，让人心惊胆战。她靠在我的背上屏住呼吸。

“对不起……”

她一直道歉。

“没关系。”

我安慰她。

在某段时期之后，我们的生活就堕入了地狱。

如同回到小时候那个公寓一般。

我一定要逃走。

我一定要写小说，不管多么痛苦也要继续。

我要创造一个能把她带到外面世界的故事。

我呕心沥血，一边哭，一边写。

右手的指尖被冻僵后就让她帮忙取暖，然后用左手写。

她在我身旁一边偷看，一边查汉字的意思，还不时笑开了花。

在冷得空气都要结冰的冬日里，我即将以小说家的身份出道。

同时，我将失去重要的东西。

王国失去了女王。

在我没来得及把她的灵魂带到外面的世界之前，她就消失了。

我在远处望着蓝布。聚集在车站的人们拿出手机对准眼前的惨状。此起彼伏的快门声在我听来就像是掌声一样。一系列的拍摄结束之后，他们便离开了，是要回到日常生活了吧？这种悲剧就像从来没发生过一样，一切都会被遗忘。

我回到家后，哭了三天三夜。

眼泪哭干后，我的身体终于听使唤了。

我翻开笔记本。

第一页写着我和她的名字。她给我带来的感动令我得到了这份能让被世界遗忘的我们升华成人类的宝物。

“吉田健介”和“吉田真衣”。

我轻轻地抚摸着这几个字。

我不会让他们忘记。如果世界无视你的存在，我就在世界上留下印记。

我想起来了，记忆很清晰。

想起了我成为我的那一天。还有我选择的一切手段。

第六章

立井上气不接下气地奔跑。

肺部像是要爆炸一般难受，但是他没有停下脚步。哪怕慢了一分一秒，高木健介都可能会在无法挽救的地方消失。一股焦躁驱使他的身体前进。

脑海里面都是和高木共同生活的画面。

…………

大概是冬季的某一天。

“你看起来不怎么高兴。”

高木向从大学回家的立井搭话。他好像察觉到什么一样，邀请立井去散步。时间已经超过晚上十一点，与其说是散步，不如说是深夜徘徊。

“发生什么事了？”

两人打算顺便去参加新年的第一次参拜。在走向神社的路上，高木开口问道。他穿着一身黑色长大衣，双手插在口袋里。

“没什么。”立井吐出白气，“有一个大学的学长沉迷在自我启发的讲座里了。”

学长参加的是学院的社团活动。立井不知道这是个什么社团，但有空闲时间的年轻人都会聚集在这个社团里，一起喝酒聚会或者玩雪橇消遣。乍听之下像是个正规的组织，但其实是可疑事业的温床。

“而且，我听说那并不是什么大型讲座。他们是借助闲置平台倒卖限定商品，或是通过从海外网站上非法截取转载视频片段来获得广告收入。赚到一点儿钱之后，就谎称一夜暴富，发行《大学辍学的自己月入百万的原因》之类的杂志，然后售卖。去听讲座居然要收五万日元，很滑稽对吧？”

立井尽量用打趣的口吻讲述，但高木始终绷紧了脸。他的黑色瞳孔望着前方，然后催促立井：“然后呢？你有阻止他吗？”

“阻止了啊！我跟他说，付那么多钱买这种无聊的东西，太笨了。”

“你很少说这么重的话。”

“不过他没有听进去。”

立井感叹般仰望天空。

学长始终没有改变主意。他似乎是找工作不断碰壁，在郁郁寡欢的时候被讲座的讲师拉拢了。债台高筑、无法进入一流企业的自己——当他被这两种烦恼缠绕的时候，对方向他灌输黑心企业和养老金的问题，他便信以为真。对方煽动不安情绪，给他洗脑，告诉他已经走投无路了。立井的游说也以失败告终。

当然了，学长要走怎样的人生道路，所有的后果都应该由他自己承担。

立井很心疼，而且仍然未能释怀。

——他想起父亲消失那天的事情。

经过了言语交锋后，他和父亲依然不能互相理解，最后他犯了将父亲逼上失踪绝路的错误。

这时，高木开口说道："立井，你还是去写小说吧。"

"小说？"

"有时候，我们需要自己来做个了断，进而去影响别人。无论是通过对话、演讲、影像……什么手段都没关系。对我来说就是小说。你呢？让你烦躁不安的情绪，你要怎么排解？"

高木微微一笑。

"要是你打算认真面对，我也会帮忙的。"

这句话将立井踌躇不定的心情驱散一空。

他一口气把自己内心的构想都告诉高木。包括在大学课堂上觉得有兴趣的研究，父亲失踪时冲击他内心的寂寥，在之前住的廉价旅馆看到朝阳的宁静，如此种种要寄托在一个拥有怎样经历的登场人物身上呢？

如同把一个个拼图组合起来一般，高木把立井所说的构想变成了故事。立井虽然佩服他的巧妙构思，但当无法让步的部分被改变时，他也大大方方地提出反对意见。虽然两人针对潮海晴的小说进行了多次讨论，但这还是第一次对立井润贵构想的故事进行讨论。

在分身生活开始后一年零八个月的夜晚。

高木健介失踪前的四个月。

…… ……

樱花有香味。

是甜腻、温柔，让人怀念、让人感到安心的气味。

幼年时，立井有着这样的想法，却总被人嘲笑。他们说，樱花怎么可能有香味。立井感到灰心丧气，不管他怎么解释，别人都会嘲笑说，这是他的错觉。班上同学在操场上闻了闻，确定樱花没有香味。

立井回想起过去的场景，从出租车上下来，深深地吸了一口气。

空气中弥漫着甜腻的香气。

是山樱的香味。

这个品种和染井吉野樱不一样，它会散发淡淡的香气。

立井来到位于关东郊外的山麓。这里种植着约两百株山樱。就算夕阳西下，樱花树下也依然铺满了蓝布，还有众多路边摊，酱汁的焦香和樱花香混杂。

灯光只照射在靠近路边摊的一角。

立井抬头仰望山顶，但因为天色昏暗，四周看起来像是被黑色块状物体镇压住一般。如果是白天，应该能看到在万绿丛中的桃红色山樱花。

立井背着光前进，走到了山里。四周都被黑暗包裹，连脚边有什么都不知道。他只能依靠山麓照射上来的一点点灯光和月光，勉强看清山路。虽然内心冰冷，但他并不感到害怕。

“他应该会来这里。”

立井自言自语。

就算今天不来，未来几天之内也一定会来。除了这里，他想不到别的地方了。

但他无法推断高木会在这个赏花地的哪里出现。

他相信的是自己和高木健介度过的那段日子。为了放松因为讨论小说而疲惫不堪的头脑，两人会漫无目的地外出散步。在共同生活经过一年多后，立井大概能猜出高木想去的方向，于是散步时他没跟高木商量就拐弯了。现在，他最后能依靠的只有作为高木健介“分身”的直觉了。

登上山顶后，有一座视野开阔的悬崖，视界豁然开朗。街道的灯光如同被浪花冲起的海萤一般，甜腻的香气又一次蹿进鼻腔。

那个人就站在山樱花下面。

“高木！”

“立井？”

高木回头，一脸不解。

我还想着你会有更惊讶的反应呢。立井暗暗感到有点儿遗憾。

高木的衣着和平时无异：连袖子都熨得服服帖帖的白色衬衫，还有黑色休闲裤，右手拿着蓝色背包。因为天色昏暗，立井看得不太清楚，但高木那双深色瞳孔一定在看着立井。

“真厉害啊，亏你知道我在这里。”

和这句话形成对比，高木的声音里并没有丝毫惊讶之情。

“我费了很多工夫才找到你。”

“我想也是。”

真是不可思议的感觉。明明立井打算马上质问他，喉咙却像被堵住似的说不出任何话。首先要问高木什么呢？立井花了点儿时间才回想起来。

“吉田真衣——还活着吗？”

听到这个问题后，高木的反应也很平静。

“你亲眼确认一下吧？”

他戴上手套，是橡胶手套，也许是刚用完。

“过来这边吧，分身。”

他戴着手套，露出微笑。

高木健介走到大山深处。

月光和山麓的气球型射灯投射了些许光芒。但高木前进的方向伸手不见五指，连月光都被树木完全挡住了。

立井下定决心，向着高木的声音传来的方向迈出脚步。道路并不险峻，汽车可以行驶至半山腰。只要小心翼翼地走在铺设了水泥的地方，应该不会有摔落下去的危险。

立井按亮手机的手电筒，高木却命令他关掉。

高木像是逃跑一样，为了不让别人发现，悄悄地进到大山深处。

立井跟随着高木脚步声的方向继续行走。

旁边似乎是海滨地带，空气骤然变得寒冷。立井战战兢兢地伸出手，摸到了坚硬的石壁，手指被石壁摩擦着。在视线昏暗的时候，他的感觉变得敏锐。

“你应该有很多事情想说，也想问吧。”

高木率先打破了沉默。

立井在黑暗中听到高木的声音和脚步声。

“不过我先来问你可以吗？你是怎么找到这里的？”

领取高木的居民卡，追溯他的过去，收集和高木哲也、峰壮一以及伊佐木志野见面后得到的线索——立井把这一切向高木和盘托出。

“我也追查到你杀人了。一切都是为了你妹妹吉田真衣，对吧？”

高木没有回应，只是沉默地继续走在山路上。

高木也许会否认自己杀了人吧——直到现在立井心里仍然无法舍弃那些期待。每一次杀人都是铁证如山，然而他希望是自己搞错了，希望高木亲口告诉他相反的事实。

可事到如今，想得到这样的真相只是痴心妄想。

“第一次杀人是为了拿到自己的户籍——但其实你还有其他理由，是吗？”

高木依然沉默不语，立井滔滔不绝地说道：“你母亲生下了妹妹对吧？为了让妹妹得到户籍，你就杀了自己的父亲。”

从家暴的丈夫身边逃走期间，就算第二个孩子出生，他母亲也不能提交出生证明。要是拿不到户籍，吉田真衣也会和高木健介一样上不了小学。

立井继续推理——

“第二次杀人就不用说了，是为了从母亲手上把妹妹救出来。”

高木健介拿到了户籍，顺利上了小学。但是他没和母亲住在一起，而是成了高木哲也的养子。就在这时，他和妹妹分开了。

再次见到妹妹时，高木一定受到了沉重打击。

之后经过几番周折，兄妹俩在小小的公寓里开始了自己的生活。

“为什么你在那之后还要杀人？”

立井当然知道原因，但他还是想问一次。不是向高木发问，而像是向命运一样的东西发出怒骂。

希望高木健介和吉田真衣能得到幸福。

这是他最纯真的愿望。

立井目不转睛地盯着高木，高木那墨色的黑发几乎和黑暗融为一体了。

“应该是为了纯洁的灵魂吧。”

如冰块一般冷的声音，感觉不到一丝情感。

立井感觉背脊窜上了一股凉气。

“你的推理基本上正确。但有一点儿要补充，再怎么说，七岁的我也不懂法律为何物。”

尽管如此，高木似乎清楚地知道如果不杀死父亲，妹妹又会陷入不幸。

“我渐渐觉得他是病原体。”高木不紧不慢地说道，“父亲散播的病原菌感染了许多人。因为他的暴力，我母亲被迫过着不断逃命的生活，陷入了贫穷。她对金钱很执着，于是牺牲了女儿，在荣田重道身上榨取金钱。无力支付生活费的荣田重道则被迫犯下恐吓罪。人们感染了父亲的病原菌，所以变得虚弱。一旦感染就无法逃离，就算想抵抗也是徒劳。光靠一个人的力量根本无计可施，只能痛苦地挣扎哀叹，有时还会伤到别人，这样的生活会持续一辈子。”

高木的声音里夹杂着痛苦。

“呱呱坠地时的美丽灵魂不久后也会被玷污，然后消失，最后被人遗忘。”

高木的背影似乎带着哀愁。

他大概是想起母亲了。她被高木夺去了性命，许多人参加了她的葬礼。她应该也有过和朋友一起畅谈未来的过去。

立井也想起了荣田重道。他也拥有深爱着自己的父母。他在故乡度过了怎样的儿童时代呢？

——他们到底是在哪里走上了歪路呢？

立井忍住窒息的冲动，继续向高木发问：“那为什么要选择我当你的分身？”

“你应该知道一部分理由吧？你都找到这里来了。”

“我希望你能亲口告诉我。”

“是为了争取时间。杀死荣田重道后，我不能马上被逮捕。”

“还有呢？”

回答这个问题之前，高木停住了脚步，拿出了手电筒照亮森林深处。立井刚刚习惯了黑暗，视野瞬间变成一片白色，所以花了一点儿时间才开始适应。

高木离开了水泥道路，进入森林深处。平坦的下坡路上堆满了枯叶。要是不慎脚下打滑，也许会掉入谷底深处。

前方应该有高木想让立井看的东西。

立井已经做好心理准备。他能找到高木，是因为发现了高木的杀人有规律可循。虽然高木用感染做比喻，但每个受害人之间都存在着一定的联系。

高木的脚步变得缓慢。

“立井，你用我的身份证收集了过去的线索，有时还会假装成我。”

“嗯……没错。”

“你没想过我也能做同样的事情吗？”

高木静静地说道：“你把自己的身份证交给我的这两年里，我可以尽情使用立井润贵的身份证。我打着立井润贵的名号，追溯你的过去，然后利用在你身上获得的线索，装成你把别人叫出来见面。”

第一次遇见高木的时候，立井润贵就把身份证交给他保管了。与此同时，立井也收下了高木健介的身份证，便没有把这件事放在心上。

高木健介在一棵大树前停下脚步，打着手电筒。

一个男人倒在树木的阴影下。

“我杀了你父亲。”

立井盯着父亲的遗体。

他并没有感到十分震惊。尽管这是他第一次看到尸体，而且是自己父亲的遗体。他并不害怕，而是冷静地看着父亲刚刚死去的样子。他父亲似乎断气没多久，如同断了线的牵线木偶，成大字形靠在大树上，喉咙处流出鲜红的血。

立井之前已预料到自己的父亲——立井敏郎就是高木健介的下一

个目标。

之前，立井曾经跟高木说过这个赏花会场是他们家的回忆之地。如果高木要利用自己的身份杀害立井敏郎，应该会和他约在这里见面。

不仅如此，恐怕父亲是被——

立井敏郎的喉咙处插着一个长条形物体，是犯罪用的凶器——高木爱用的圆珠笔。这是吉田真衣送给高木的礼物。

“我来回答你的问题吧……真衣已经死了。”

立井只是轻轻点了点头，这也在他的预料之内。

“死因是自杀吗？”

高木感到有点儿意外地说：“没想到你居然知道。”

立井告诉他，自己在破烂公寓里找到了恐吓信。高木听到后叹了一口气。

一切都跟“《木桩》原案”里的内容一样。

为了因穷困潦倒的生活而面容憔悴的高木健介——吉田真衣心疼的哥哥，她在自己力所能及的范围内寻找赚钱方法。

“吉田真衣和立井敏郎见面了吗？”

这是彻彻底底的孽缘。立井敏郎打着“不论男女老少都能轻松办到”的口号开办了网络讲座，第一次讲座免费。吉田真衣没有钱，也无法打工，她看了宣传单后就被吸引了。

“不，正确来说是他们再次见面了吗？”立井纠正了说法。

“应该是。”

高木表示认同。

“立井敏郎撞到荣田重道的车子时，吉田真衣坐在后座。”

立井想起父亲过去遭受过的恐吓。荣田重道向父亲索要“女儿的治疗费用”，但是警察说荣田重道现在单身。事故发生的时候，在车上的不可能是他女儿。荣田谎称吉田真衣是自己的女儿，索要治疗费。

若是如此，这就是一次最糟糕的再会。

立井敏郎看着导致自己家破人亡的少女，到底在打着什么主意呢？

“立井敏郎以为荣田重道和吉田真衣有亲子关系，所以勒索我们。”

高木向遗体投去冰冷的视线。

立井想起公寓邮箱里塞得满满的恐吓信，上面写满恶意中伤之语。

“正好是在我确定以小说家身份出道的时候。”

高木关掉手电筒。周围再次被黑暗包围。

“在大众看来，我的行为是绑架未成年少女。如果立井敏郎报警，我有可能会被逮捕。真衣是个温柔的孩子。她选择了最不会给我带来麻烦的解决方法。”高木说道。

“随着身份不明的少女遗体被发现，一切都画上了句号。”

高木没有再说话，立井也没有发问。

在潮海晴的第三部作品《木桩》里面，一直牵着手的男主人公和女主人公，最后松开手迎来了结局。

“我必须把它掐断。”

高木的声音让人十分悲痛。

“都是我不好，是我没把父亲散播的病原菌消灭。要是干脆利落地把荣田重道杀掉，立井敏郎就不会成为坏人。要是杀掉立井敏郎，真衣就不会寻死。在荣田重道和立井敏郎开始下一次作恶之前，在下一个牺牲者出现之前，在世界上的灵魂被污染之前，我必须把父亲的病原菌全部消灭。”

“就算这样，你也不能杀人——”

“法律救不了我们。”

看到高木那犀利的目光后，立井无言以对。

“你也知道吧？在七岁之前，我在法律上就是一个不存在的儿童，没有人拯救被世界遗忘了的我们。”

黑暗中，他那双让人毛骨悚然的眼睛反射着月光。

悲哀的杀人魔的身影就在这里。

立井脑海里一片空白。

两人维持了一阵沉默后，高木发出吐气声。

“那我先走了。”

立井还没来得及反问他这是什么意思，就听到了从斜坡上传来的脚步声。立井抬起头一看，视野被刺眼的光包围，他感到脚步不稳。他们被强烈的光照射着。

立井用手挡住光，想确认来者何人。虽然那些人背着光，立井看不清楚，但似乎有好几个人在他的头顶上方。

高木平静地低声说道:“警察似乎找到这里来了。”

立井的心脏怦怦直跳。

高木说的没错，是警察。立井定睛一看，当时盘问他的警察也在，粗略一看大概有六人，就站在前方三十米左右的地方。

立井猛地回过头来。

他们的手电筒正对着立井敏郎的遗体。鲜血从喉咙里流出，遗体还没出现死后的僵硬症状。

尽管警察高声呼喊，立井却置若罔闻。他脑海里只被一个问题占据——他们是怎么找到这里来的？

“是被跟踪了吧。没关系，迟早会有这么一天。只要目的达到就没关系了。”

立井想起在破烂公寓时感受到的目光，也许白天从警察局出来后就一直被跟踪。现在回想起来，高木是因为提防警察，才发了“不要追踪”的信息给自己吗？

高木像是看透了一切一般，表情异常平静。

“就此道别吧。我会骗过警察，跟他们说‘我绑架了立井润贵的父亲’，之后会让律师给你一笔钱。”

“什么钱？”

“精神损失费。你从始至终都是受害人，所以罪名应该很轻。之后，你可以用那笔钱租房子。腰伤治好了，请努力学习并考取毕业证书。虽然当不了有钱人，但也不需要寻死了。”

高木向警察所在的方向迈出步子。

从他的背影来看，似乎是希望对方逮捕自己。

“你还没——”立井慌张地叫住他，“你还没告诉我，我们的分身生活到底有什么意义？杀死我父亲只是其中一个理由吧？”

高木停住脚步，回过头来说：“因为我想救你。”

“救我？”

“我想和父亲散播的罪恶以及贫穷的病菌做斗争。父亲让母亲承受痛苦，母亲折磨了荣田，荣田则折磨了立井敏郎。我想尽全力拯救被他们伤害的受害者，在恶性循环再次发生之前加以阻止，拯救被遗忘的灵魂。我好不容易找到你，但你居然想自寻短见，当时我还慌了神……”高木自嘲般低声说道，“我已经心满意足了。像我这种杀了四个人的杀人魔，如果最后能拯救一个人，也算是非常圆满的结局了。”

立井目瞪口呆地看着高木，在脑海里搜索否定他的字句。

自己被拯救了就算是大团圆结局吗？立井握紧拳头。

高木似乎对这个结局做好了心理准备，他在两人相遇之前，就已经预料到这个结局了吗？

“再见了……”

留下这句话后，高木便迈步向前。他举起双手，示意自己不打算反抗，然后朝着手电筒灯光的方向前进。警察看到高木顺从的样子，似乎放松了警惕，紧张的气氛也得到缓解。

立井感觉自己的心揪紧了。

他有很多话想一吐而快，但喉咙发不出声音，像是被揪掐住一般。

立井看了看背后父亲的遗体，内心涌起一阵愤怒，想趁高木放松警惕之际击打他的后脑勺。但与此同时，看着高木远去的背影，立井内心也涌起一股感激之情。脑海里浮现了若干离别时所该说的话语。鸟鸣声从远处传来，在鸟鸣声停止之前，无数的未来画面涌上心头。

立井痛恨必须选择其一的残酷，然后像是戳破肥皂泡一般把几个虚无缥缈的未来画面驱散……他下定了决心。

他迈出一大步，用力地抓住高木的手腕。

“一起逃走吧。”

“为什么？”高木睁大了眼睛。

“等一下再说吧！快跑！”

立井用尽全力拉着高木的手臂，高木的身体不由自主地前倾。

看到立井突如其来的举动，警察高声呐喊。立井置若罔闻，只是拉着高木向山里猛冲。背后则传来了警察慌张地跑下斜坡的声音。

手电筒的灯光追着立井和高木的背影。立井没有依靠灯光，而是在未知的道路上奔跑。比起失去照明的恐怖，警察的怒吼声更让人害怕。

高木虽然没有在行动上反抗立井，但一脸疑惑。

“不用了。我会自首，然后一切就结束了。”

他的声音里混杂着一丝愕然，仿佛马上就要甩开立井的手，向警察的方向走去。

立井对此感到不悦，更加用力地拉着高木的手。

“你现在有杀害两个人的嫌疑。”

“不是嫌疑，是事实。”

“要是被判死刑怎么办啊？”

立井提高音量。他曾经查过相关资料，日本的死刑判决以杀害的人数为其中一个判断标准。计划性和残虐性等因素也纳入考虑，所以不能一概而论，但要是杀害两人以上，极有可能被判处死刑。

这是立井追踪高木健介的其中一个理由。

要是高木再次杀人，他就——

这时，立井脚下打滑，和高木一起滚落斜坡。因为周围漆黑一片，他没注意到脚下。幸好斜坡倾斜度不大，所以两大个人只掉在了约十米远的地方。滚落时伸出的树枝似乎刮到了他的脸，脸颊一阵刺痛。

落地后，立井捂住脸颊。指尖触碰到黏稠的血液，脸颊似乎被刮破了。

他们拉开了和警察的距离。警察正在山上拿着手电筒四处搜索立井和高木的行踪。

必须趁现在甩掉他们。

立井再次拉住高木的手腕。这次，高木反抗了，他没打算离开原地。

“这是个现实的问题。”高木冷静地说，“我们不可能从警察眼皮底下逃走。”

他的判断非常正确。继续在黑夜的山路上前行无异于自杀。就算运气好能从警察手里逃走，也会永远以犯罪嫌疑人的身份被通缉。

即便如此，立井也不得不反抗。

“你的小说怎么办？”他尝试说服不为所动的高木，“你一直坚持写小说对吧？就算这个世界对自己没兴趣，就算被遗忘，也要告诉大家‘我们就在这里’，就算一点点也好，想在人们的内心里留下痕迹，想拯救别人。”

“这只是我的愿望罢了。自从妹妹离开后，我就隐隐约约地感觉到了——我们办不到。无论耗费多少心血，我们都不可能完成理想的小说。说到底，我们的故事对别人来说只是隔岸观火，根本不会在他们心里留下任何痕迹。我们无法改变任何事情。在你的帮助下完成的第三部作品也被评价为可怜少年的故事——总有一天会被人遗忘的。”高木的眼神仿佛对一切都感到失望，“我也想选择不同的方法，也想写一个拯救他们灵魂的故事。但我除了‘杀人’这个方法以外已经束手无策。在判决死刑的法庭上，我会把我和真衣的回忆说出来。”

立井脑海里浮现出高木每天把自己关在房间里，坐在电脑前的身影。也许用小说来规劝现在的他并不合适。

他一直在寻找吗？寻找杀人以外的选择。

这时，警察手电筒的灯光再次捕捉到立井和高木的身影，还听到了命令他们转过身来的声音。

没时间了。

“吉田真衣！”立井放声说，“吉田真衣寄过一封信给伊佐木志野，你知道吗？”

听到这句话后，高木第一次有了反应。

“真衣寄信给伊佐木？”

“对，没错。”

立井顺势按住了高木的肩膀。

“我想了想时间，应该就是她自杀之前寄出的。她寄了一封信给好朋友，就当作是遗书了。信里面写‘我每一天都过得很开心。我和高木在一起很幸福’！直到最后一刻，她都在感谢你。她的愿望就是希望你得到幸福啊！”

高木低声呢喃：“信的内容只有这个吗？”

“她只跟我说了这些，但只要活下去，你就能亲眼看看了。”

——所以你一定要逃走。

立井用尽全力拽住高木的手臂，但高木依然一动不动。

他在犹豫不决，像是在做人生中最重大的决定一般，脸上充满了困惑，嘴巴微张，视线朝下。

立井还是第一次看到高木这副表情。也许大事不好了。

一个警察追了过来，眼看还差几米就被追上，高木终于动了起来。

逃跑的方向只有一个，向着黑暗的悬崖下方前进。两人把全部注意力集中在脚上，不断在地面滑行。树枝在大腿上留下鞭打痕迹，不过现在不是喊疼的时候。

停止滑行后，立井小声地和高木确认着落的位置，伸出手确认两个人在同一个地方着落。从地面的触感判断，他们应该已经离开山路了。警察则在悬崖上观望。

山路由柱状木头组成，呈阶梯状。如果小心翼翼地走在柱状木头上，应该不会有滚落的危险。但要是从悬崖上掉下来，也许就命丧黄泉了。

“你打算怎么做？”高木用挑衅的口吻说，“说服我的人是你，你该不会没有计划吧？”

立井咬了咬嘴唇，一口气把自己的计划告诉了对方：“我去自首。我会伪造供词，跟警察说‘立井润贵’杀了荣田重道和立井敏郎。”

立井听到高木倒吸一口凉气的声音。

“你先等一下，为什么你要这么做？”高木压低声音，“难道你还是打算——”

“不是，我已经没有寻死的打算了。不过，‘立井润贵’有明确的杀人动机。荣田破坏了我的家庭，父亲抛下了我和母亲。比起原因复杂的‘高木健介’，也许我能从轻发落。现在和以前不一样，我应该不会被判重刑吧？反正我做好了受牢狱之苦的心理准备了，不过一定能免于死刑。”

立井没有把跟高木健介生活的事情告诉警察，他们掌握的线索很有限，也许能够蒙混过关。

高木显然有些疑惑：“我还以为你已经把一切向警察和盘托出了。”

“我怎么可能说啊！”

“但是我不明白……虽然我已经问过几次了，你为什么要做到这种程度？”高木特意用强调的口吻说，“我明明杀了你父亲。”

“我没有原谅你。就算他是祸根，他也是我的亲生父亲。你的行为是错误的，太过激了。但是跟这个没关系。就算你犯错了，你还是我的恩人。我要让恩人活下来。”

高木久久没有回应。

微弱的呼吸声和脚步声中混杂着虫鸣声。

立井继续等待。他要传达的感情已经毫无保留地告诉了对方，接下来就看高木的决心了。

高木的脸颊终于放松下来。

“今天真是被你吓了一跳啊！”

他低声说道，声音里既带着懊恼，也渗透着喜悦。

“你要自首的话，有个大问题——”

他停下脚步，蹲在地上。

“我们的口供必须一致，细节也不能放过，一不留神谎言就会被拆穿，就算堆砌借口估计也不会从轻发落。”

“你的意思是？”

“必须创作一个完美的故事。”

“求之不得呢！”

立井环顾四周，并没有发现手电筒的灯光。看来已经把警察甩开了足够的距离了，又或者是警察判断漫无目的地在夜晚的山路搜索很危险，所以放弃了？

立井停下脚步，在高木身旁坐下。两人并排靠在树干上，开始编创即将向警察讲述的虚假故事。

两人虚构了一个会让别人对立井润贵和高木健介这两个角色产生共鸣的动机，编写出一个夹杂着谎言和真实的故事，既有感人至深的情节，也有恰到好处的含蓄。

高木想出故事细节后，立井就指出不自然的地方并提出解决方案。高木毫不退让且提出反对意见时，立井也不甘示弱地坚持自己的主张。当两人沉默时，巧妙的主意却不可思议地同时在两人脑海里闪现。

“真让人怀念啊……”立井笑着说，“虽然已经很久了，但我们过去经常进行这样的讨论，对吧。”

“立井很严格。只要登场人物的行动有一点儿不自然就会提出来。”

真让人不可思议。

两人都知道案件听取的困难。

要是不准备好连细节都完美无瑕的谎言，就会轻而易举地被识破。

但是立井没有感到丝毫不安。因为他相信自己和高木一起创作的非虚构文学作品，一定能骗过全世界。

故事完成了大半后，高木提议“休息一下吧”，于是从背包里拿出塑料瓶——是他平时一直喝的矿泉水。

高木拧开瓶盖将矿泉水递给立井。

“对了，我有这个。”

立井从包里拿出两只高脚杯。这是一起生活两周年的礼物，他一直随身携带。还有在车站前便利店买的打算用来当晚饭的饭团。

高木把水倒进高脚杯里，立井让高木选择饭团的口味。

两人干杯。

因为一直在山路上奔跑，喉咙早已干渴难耐。立井接过水便一饮而尽。

“有多少年没吃过像样的饭了呢？”

高木说完这句不像自己风格的话后，咬了一口饭团。

立井大口地吸着山里的空气，里面混杂着土壤和树木的气味，还散发着山樱花的香气。应该是种植在附近的山樱花。

高木指了指上方。立井用手机的微弱光线照了照。

他恍然大悟。原来两人正倚靠着一棵山樱树。因为天色昏暗，看不清花瓣的颜色，但香味肯定没错。他用手抓住在半空中的花瓣，用手指碾碎，紧接着飘散出如水果般柔和甘甜的香气。

“赏花啊……”高木优哉游哉地说道，“重新开始讨论之前，能听我说说往事吗？”

高木居然主动说话，真稀奇。

他像是将堵在心里的话一口气说出来一般。

当他还是无户籍儿童的时候，被关在屋子里，透过窗户看到的烟花的美丽。

第一次握住呱呱坠地的吉田真衣的手时感觉到的梦幻。

和峰一起跑出学校，在自动售卖机喝到的巧克力奶的甘甜。

和长大后的吉田真衣一起到海边感受到的寒冷。

和她一起生活时，第一次写好的小说的粗糙和奉献的热情。

如此种种都像宝物一样。

高木对立井讲述了很多。

我一定不会忘记这次对话吧？立井想了想。

但是在谈话过程中，他注意到某种异变。

“喂，高木——”立井平静地说，“我好像有点儿困了。”

“嗯，我想差不多了。”高木拿起塑料瓶，“立井，你真厉害。如果是我，我不会喝杀人魔递过来的水。”

——安眠药。

对了，警察说过高木事先买好了安眠药。本来是用来杀人的吗？

“为什么？”

立井已经口齿不清。与他的意志相反，脑袋变得沉重，全身仿佛失去力量一般，眼睛也睁不开，视野渐渐变得模糊。

“其实啊，为了把你父亲喊出来，我把你的小说寄给他了。”

高木突兀地开始说明。

当自称是自己儿子的人约立井敏郎见面，他迟迟未予答复。看来他对和儿子见面这件事举棋不定。但是当高木把立井写的小说寄过去之后，对方就爽快答应了，怀着跟儿子道歉的心情赶到了这个赏花会场。

“真厉害。你写的小说能触动人们的心灵。”

最后，立井来不及追究自己间接酿成的悲剧，也来不及为自己的话语被传达给了父亲而感到喜悦。

他的思绪渐渐变得模糊，但只有一个问题越发清晰。

高木到底有什么企图——

“再见了，我。”

他简短地道别后，用中指在立井的额头上弹了弹。

无论立井多么强烈地祈祷，身体也不听使唤，只能顺着施加在自己身上的力量，倒在地上。

尾声

伊佐木志野打开信封，里面散发出春天的气味。

她站在观景台上，阅读这封不合时宜的来信。因为如果在儿童之家打开，就会引起其他孩子的注意。在不知道里面的内容的情况下，她这个举动也合情合理。

工作日，观景台处没什么人，也没有好事者会特意从车站徒步十五分钟，爬上这个只有观景台的山丘吧？对于希望独处的伊佐木来说，这里是个理想的地方。

信封里面装着樱花树枝和用塑料膜包裹的书本。

没有信。这到底是什么意思呢？她疑惑地看着署名。

寄信人——高木健介。

“已经过了两年了啊！”

两年前，高木健介发来奇妙的请求，希望伊佐木让一个名叫立井润贵的男生停止调查。之后，她虽然和立井见了面，但他没有留下任何话就离开了。

高木的目的到底是什么呢？伊佐木依然被蒙在鼓里。

然而，在和立井见面几天后，她看到了一则可怕的新闻。

“警视厅以杀害父亲的嫌疑，将立井润贵（21岁），无业者，逮捕归案。”

他的新闻好像是附带的一样，在艺人的出轨新闻后播放，时长只有短短一分钟。新闻说立井润贵把父亲约到赏花地，然后对他下了毒手。

为他的生活提供帮助的男子也被送检，但只是从轻发落。

让伊佐木百思不得其解的是一闪而过的“立井润贵”的身影，看起来像是换了个人。她刚见过立井润贵，所以在她看来电视里的这个人有着微妙的差别。当然，也许是她看错了。

对立井润贵的裁决仍在继续。

因为还涉及在杉并区的蓄水池发生的杀人案件，预计会判处死刑，但犯人的杀人动机被媒体报道后，大众舆论一边倒地向犯人倾斜。检察方提出的要求是判处入狱二十年，至少能免于死刑了。

伊佐木再次确认信封，外面没有任何信息。打开一看，里面是名叫潮海晴的小说家的小说单行本。伊佐木对这本书有印象，之前在书店见过大量的铺货。这是作者的第四部作品，销量似乎比前三部要好得多。

伊佐木心中仍带着疑问，于是从头开始阅读。

她着了迷。

她还是第一次体会到完全被小说中的世界所吸引的感觉。力量集中在指尖，她屏住呼吸，贪婪地翻页。读到一半时泪水夺眶而出，然后反复擦拭。整整三个小时，她都一动不动地沉浸在小说的世界里。

然后，她接受了吉田真衣已经不在人世的事实。

作品中没有具体指代真衣的描写。然而读完后，她知道自己的好朋友已经去世了。作者在文章中用华美的词汇描述了真衣最后的那段日子，但只读一遍的话，可能无法发现，因为它们非常分散且细碎。

伊佐木抱着书，放声大哭。她想起真衣最后寄来的信。

“每天都很开心。和高木一起很幸福。求求你，求你一定要记住我，记住我的灵魂曾经在这里。”

潮海晴的第四部作品是回应那名少女的感情的小说。

虽然是残酷的故事，但里面包含了真切的救赎。

…… ……

全身的力气被抽空。以仰视的姿势倒地后，我便听到了落叶被压碎的声音。

“再见了，我。”

听到搭档说的这句话后，我明白了。

我应该很快便会失去意识。到底是先被人发现，还是自己先醒来呢？我不知道这个问题的答案，不过这应该也是明早的事情了。

在这期间，眼前的这位搭档会对警察说什么谎话，我大概能猜到。但我已经无法阻止他了。

“这次轮到我把名字给你了——”我对搭档说，“相对的，你的名字就由我来继承了。”

搭档欣然地放松了脸颊。

我很清楚你拿到自己名字的经过。所以我在想：你就扔掉好了，不要再做自己了。我要收下你的一切，不仅是名字，还有你未完成的使命，我都要一一继承。不过我和你不一样，我要用你放弃的方法来完成。这样可以吗？

我想对你说这番话。

然而，喉咙发不出任何声音，眼睑变得沉重，视野被黑暗包围。

“后会有期。”

只有搭档的声音在耳际响起。

“谢谢你拯救我。”

我挤出余力点了点头。

…… ……

最后一幕无论读多少遍仍觉得意犹未尽。

在密不透风的房间里，主人公的搭档感叹妹妹的离去、挣扎、受折磨，但最后依然把对她的思念藏于心底，向着广阔的世界前进。

每一位读者都不会忘记，他们会怀抱着揪心的痛楚活着。然后，在某一天拯救和主人公等人拥有同样灵魂的孩子们——我强烈地希望能有这样的未来。

我会将这对兄妹的故事深深地刻在心底。

这是通篇都充满纯粹、安魂和祈祷的故事。

他们的灵魂就在这里。